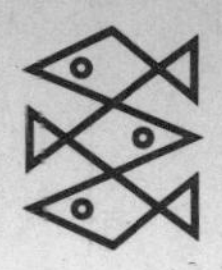

W0025185

Über dieses Buch und den Autor

Ja, ja, die lieben Verwandten! Hugo Wiener kennt sie gut, gehört er doch selbst dazu. Schließlich ist jedermann irgend jemands Verwandter, und so gehören wir alle, der Leser eingeschlossen, zu den lieben Verwandten und anderen Feinden.
Manchmal beginnen die Erfahrungen mit Tante Klara, Paula und Henriette, mit Schwager Robert und Bruder Michael eigentlich ganz zufriedenstellend. Das mußte auch Onkel Otto auf dem Totenbett einsehen, als er sie alle um ein würdiges Begräbnis bemüht fand – und das bei dieser Erbschaft! Aber sollten die Erfahrungen eines Toten besser sein als die des Lebenden? Also setzte auch schon bald das Sparprogramm ein. Wie Onkel Otto endlich – weich gestimmt – auch noch den Wagen für seinen Sarg einzusparen bereit ist, das sollte der Leser für alle unvorhergesehenen Fälle schnellstens nachlesen. Übrigens auch den Trick mit dem Steuereintreiber, der zeigt, daß man in seine siebenköpfige Familie nicht unbedingt umsonst investiert haben muß. Sie können auch ganz schön schlau sein, die Frau und die lieben Kleinen, und zum Letzten bereit – für den Ernährer! Aber Vorsicht, nicht immer bedeutet Ende gut, auch alles gut! Schlimmer wird es jedoch, wenn man im Krankenhaus liegt, um sich endlich einmal beim wohlverdienten Kreislaufkollaps auszuruhen, und sie kommen alle, die Frau und die Schwägerin und der unausstehliche Neffe und die Frau vom Patienten im Nachbarbett und deren Freundin und so weiter. Da kann man sich nur noch sofort die Gallenblase herausnehmen lassen. Eigentlich sollte man zu dieser Notbremse auch greifen, schon bevor Tante Elsa überhaupt mit ihren Urlaubserzählungen beginnen kann – aber man hat ja schließlich nur eine Gallenblase! Doch vielleicht finden Sie, der Leser, das alles gar nicht so schlimm, sondern einfach nur komisch? Hugo Wiener jedenfalls ist zweierlei: Er ist ein Mensch, der so seine eigenen Erfahrungen mit den Menschen gemacht hat, und er ist ein Satiriker, der es allen letztendlich gar nicht so übel nimmt.
Der österreichische Humorist und Kabarettist Hugo Wiener wird häufig der »Kishon aus Wien« genannt. Zu Recht, denn seine skurrilen Geschichten unterhalten nicht nur, sie spiegeln auch unverzerrt und mit samtweicher Satire Menschen und Situationen, mit denen wir alle so unsere liebe tägliche Not haben.
Im Fischer Taschenbuch Verlag sind außerdem erschienen: ›Verliebt, verlobt, geheiratet.‹ (Bd. 2463) und ›Heiterkeit auf Lebenszeit‹ (Bd. 2497).

Hugo Wiener

Die lieben Verwandten und andere Feinde

Zeichnungen von Rudolf Angerer

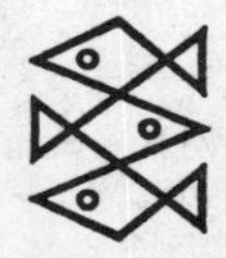

Fischer Taschenbuch Verlag

Fischer Taschenbuch Verlag

1.–12. Tausend	Januar 1979
13.–20. Tausend	April 1979
21.–25. Tausend	Mai 1980
26.–30. Tausend	Dezember 1981

Ungekürzte Ausgabe

Umschlaggestaltung: Rambow, Lienemeyer, van de Sand
Umschlagillustration: Rudi Angerer

Fischer Taschenbuch Verlag GmbH, Frankfurt am Main
Lizenzausgabe mit freundlicher Genehmigung des
Amalthea-Verlags, Wien – München

Gesamtherstellung: Hanseatische Druckanstalt GmbH, Hamburg
Printed in Germany
680-ISBN-3-596-22421-7

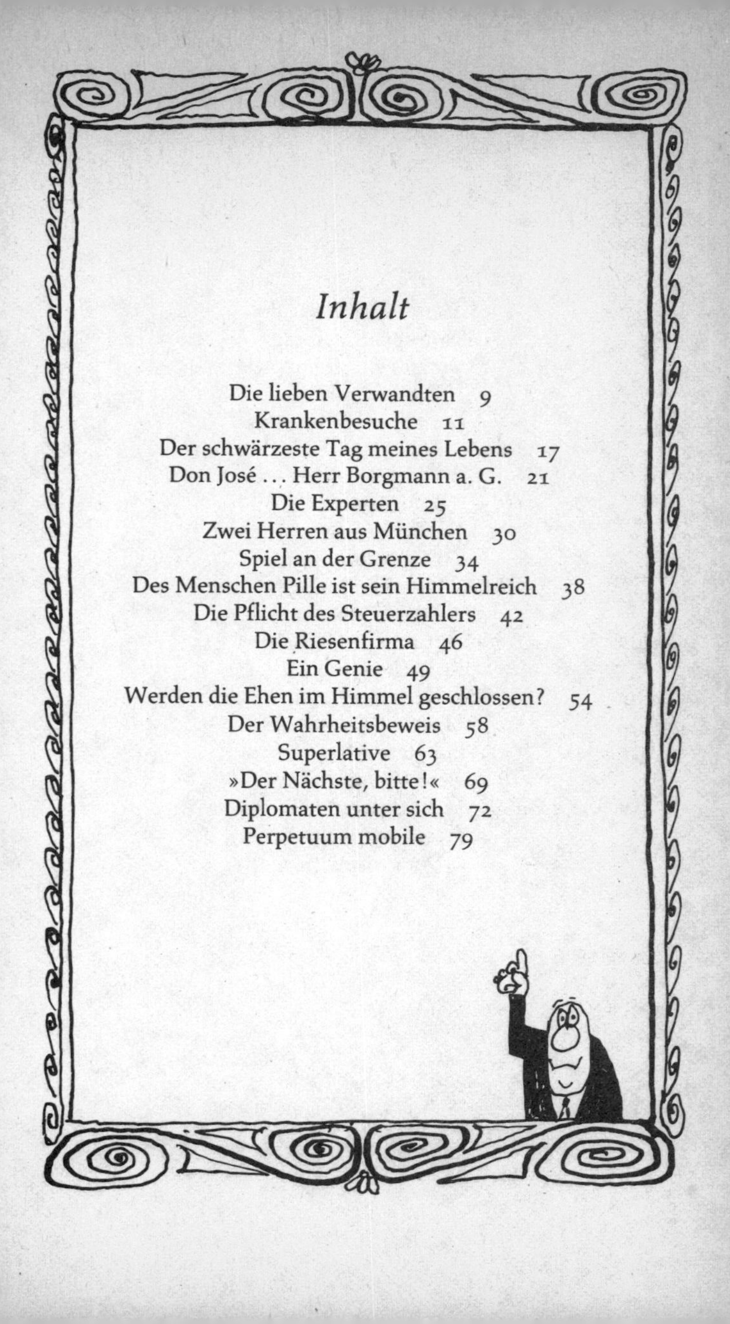

Inhalt

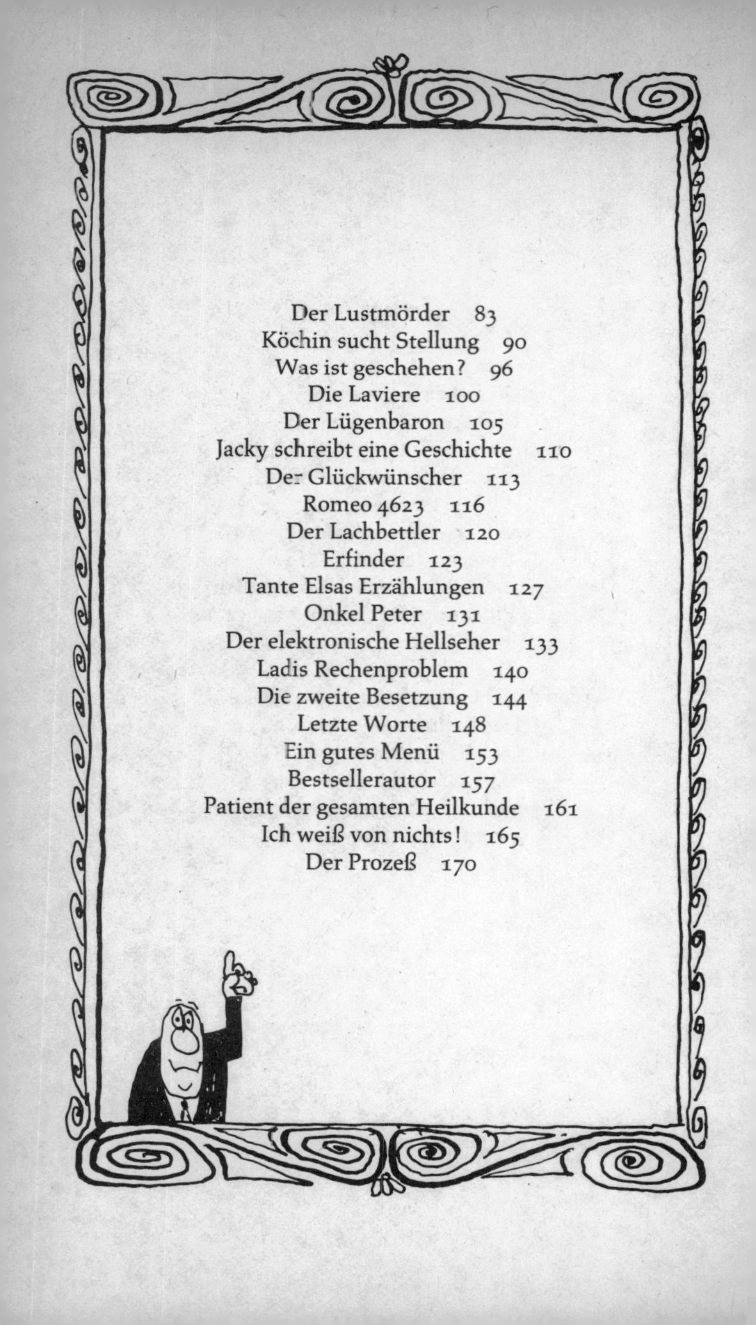

Liebe Verwandte!

Zerknirscht bitte ich euch um Verzeihung. Weshalb? Wegen des Titels dieses Buches. Was fiel mir bloß ein, euch mit meinen Feinden in Verbindung zu bringen? Ihr seid es doch wirklich nicht. Oder soll ich Onkel Paul als Feind betrachten, nur weil er nicht als Garant auftreten wollte, als ich mir meine erste Schreibmaschine auf Abzahlung kaufte? Nein. Oder Vetter Fritz, dem ich ein Darlehen gewährte, das er in einem Jahr zurückzahlen wollte und das er mir heute, nach zehn Jahren, immer noch schuldet? Auch nicht. Oder Onkel Peter, der mir den Hausverkauf vermittelte – aus purer Nächstenliebe, wie er sagte – und von dem ich dann erfahren mußte, daß er, aus purer Nächstenliebe, ein Drittel des Kaufpreises als Provision kassierte? Nein. Oder meinen Neffen Ladi, weil er in der Umgebung kleine Beträge ausborgte und sagte, sie gehörten für mich?

Nein, ihr seid alle nicht gemeint. Mein Buch heißt ja: »*Die* lieben Verwandten und andere Feinde!« und nicht »*Meine* lieben Verwandten und andere Feinde!« Nicht ihr seid also gemeint, sondern die andern. Die Verwandten meiner Freunde und Bekannten, von denen ich so manches hörte. Andererseits soll man nicht alles glauben, was man hört. Und noch andererseits – bin nicht auch ich ein Verwandter? Natürlich. Also gehöre auch ich zu den Feinden.

Und nicht nur ich. Wir alle haben und sind Verwandte: ob wir Amerikaner oder Russen, Chinesen oder Franzosen, Spanier oder Engländer, Bantuneger oder Eskimos sind. Die ganze Menschheit müßte demnach untereinander verfeindet sein.

Und – ist sie es nicht?

LETTERE
USSE

Ein uraltes Sprichwort sagt: »Nichts auf Erden ist umsonst. Nicht einmal der Tod, denn der kostet das Leben.« Das stimmt nicht. Der Tod kostet mehr. Wenn Sie mir nicht glauben, fragen Sie

Die lieben Verwandten

Onkel Otto war gestorben. Er hatte weder Frau noch Kinder hinterlassen, und so versammelten sich die lieben Verwandten an seinem Totenbett, um Abschied von ihm zu nehmen und die nächsten Schritte zu besprechen.
»Gut sieht er aus«, sagte Tante Klara und zerdrückte eine Träne.
»So friedlich«, seufzte Tante Paula.
»Als ob er schlafen würde«, schluchzte Tante Henriette.
»Wenn ich denke«, meinte Schwager Robert, »daß ich ihn vorige Woche noch besuchen wollte und nicht dazu gekommen bin ...«
»Wir müssen ihm ein würdiges Begräbnis bereiten«, sagte Bruder Michael. »Er hat es verdient. Nehmt Platz, damit wir alles Nötige besprechen.«
Die lieben Verwandten setzten sich um den großen Tisch herum.
»Ich habe bereits Erkundigungen eingezogen«, begann Bruder Michael, »und beantrage eine Beisetzung 1. Klasse. Eine solche schließt ein: den Wagen mit dem teuren Verblichenen, einen Blumenwagen, zwölf schwarze Limousinen für die nächsten Angehörigen, die feierliche Aufbahrung auf dem Friedhof, eine längere Rede des Pfarrers sowie einen Chor mit Orgelbegleitung.«
Die lieben Verwandten waren sich einig. »Sehr gut!« sagten sie und nickten beifällig mit den Köpfen.
»Die Kosten einer solchen Beisetzung«, fuhr Bruder Michael fort, »betragen ungefähr sechzigtausend Schilling.«
Die lieben Verwandten schwiegen und nickten auch nicht mehr mit den Köpfen.
Endlich nahm Schwager Robert das Wort: »Es ist nicht des Geldes wegen, aber ich zweifle, ob wir mit einem solch prunkvollen Begräbnis im Sinne des Verstorbenen handeln würden.«
»Robert hat recht«, meinte Schwester Margarete. »Otto war nie-

mals ein musischer Mensch. Ich denke, daß wir auf Chor und Orgelbegleitung verzichten sollten.«
»Sehr richtig«, meinte Tante Henriette. »Auch auf die lange Rede des Pfarrers. Otto konnte lange Reden nicht ausstehen. Ein paar Worte und Schluß. Das würde die Kosten erheblich senken – und Otto war schließlich ein bescheidener Charakter.«
»Auch der Blumenwagen«, sagte Tante Ella. »Wozu? Heute schikken die Blumenhändler die Kränze direkt auf den Friedhof.«
»Stimmt«, pflichtete Bruder Johann ihr bei. »Und die zwölf Limousinen? Sechs für die nächsten Anverwandten genügen vollkommen. Heute hat jeder einen Wagen, und wer keinen hat, soll mit der Straßenbahn fahren. Ich bin überzeugt, daß wir auf diese Weise die Hälfte der Kosten einsparen könnten.«
»Die Hälfte sagst du?« nahm Schwager Leopold das Wort. »Wir könnten weit mehr einsparen. Wir müßten bloß auch auf die restlichen sechs Limousinen verzichten. Wir haben doch auch jeder einen Wagen.«
»Das geht nicht«, gab Bruder Michael zu bedenken. »Unsere Wagen haben nicht nur verschiedene Farben – sie sind auch zu hell. Es macht einen besseren Eindruck, wenn die nächsten Verwandten in schwarzen Wagen vorfahren.«
»Eindruck hin, Eindruck her«, sagte Neffe Heinz. »Meine Firma besitzt einen Kombiwagen, den stelle ich zur Verfügung – in dem haben wir alle Platz.«
Die lieben Verwandten murmelten beifällig. Schwager Robert, der inzwischen eine Flasche Cognac aus dem Besitz des Verstorbenen gefunden und die Hälfte davon geleert hatte, meinte mit schwerer Zunge: »Resümieren wir also. Kombiwagen bis zum Friedhof, kurze Rede des Pfarrers – und hinein in die Grube!« Die lieben Verwandten lachten.
»Bleibt noch eines«, erinnerte Bruder Michael, »der Wagen mit dem Sarg.«
Da erhob sich der Tote in seinem Bett und sagte: »Um den macht euch keine Sorgen – ich gehe zu Fuß!«

Die lieben Verwandten sind immer bereit, Geld zu sparen – wenn sie wissen, daß es auf Kosten der Erbschaft geht.

Es gibt verschiedene Arten von Besuchen. Da sind zum Beispiel die erwünschten und die unerwünschten Besuche. Läutet es bei mir an der Tür, nehme ich sofort meinen Aktenkoffer – bei Regenwetter auch Mantel und Schirm – und öffne. Ist es ein unerwünschter Besuch, sage ich: »Wie schade! Eben muß ich gehen!«, ist es ein erwünschter, sage ich: »Wie schön! Eben komme ich nach Hause!« Und dann gibt es noch eine Art von Besuchen, das sind die

Krankenbesuche

Ich lag in der Klinik. Ich hatte sie: die Modekrankheit – den Kreislaufkollaps. Alle meine Kollegen hatten schon einen gehabt, nur ich nicht. Ich schämte mich. Ich mied ihre Gesellschaft, ich ging nicht mehr unter Menschen. Man sagte von mir: »Wie soll er noch schreiben können? Er ist veraltet. Nicht einmal einen Kreislaufkollaps hat er noch gehabt!« Ich versuchte es mit allen Mitteln. Ich rauchte zuviel, ich trank zuviel, ich arbeitete zuviel. Das Resultat? Die Leute fragten mich: »Was machen Sie, daß Sie immer so gut und gesund aussehen?« Ich haßte sie. Ich versuchte es auf andere Weise. Ich hörte auf zu rauchen, zu trinken, zu arbeiten. Da – eines Tages – bekam ich ein Schwindelgefühl, meine Knie zitterten, der Boden schwankte unter meinen Füßen, der Blutdruck sank – noch wagte ich es nicht, das Unglaubliche zu fassen. Ich fuhr zum Arzt, er untersuchte mich: Kreislaufkollaps! Wäre ich nicht zu schwach gewesen, ich hätte ihn umarmt.

Nun lag ich in der Klinik – krank, aber von einem tiefen Selbstbewußtsein durchdrungen. Ich hatte ihnen bewiesen, daß ich nicht schlechter war als sie. In meinem Zimmer lag ein zweiter Kollaps: Herr Kleinfeld. Er hatte mir gegenüber ein Minderwertigkeitsgefühl, weil sein Kollaps nicht so ausgeprägt war wie der meine. Schwester Maria vertraute mir sogar an, daß die Ärzte im Zweifel wären, ob es überhaupt ein Kollaps sei. Ob es sich nicht nur um einen kleinen Nervenzusammenbruch handle. Er tat mir leid, aber was kümmerte es mich? Hauptsache, ich hatte meinen Kollaps.

Es kam der Tag, an dem wir zum erstenmal Besuch empfangen

durften. Wir freuten uns aus vollem Herzen – da kamen sie auch schon an: meine Frau, meine Schwägerin Hermine mit Sohn Ladi, Frau Kleinfeld und ihre Freundin Frau Hummer. Wer meine Bücher »Krokodile fliegen nicht«, »Ich erinnere mich nicht« und »Seid nett zu Vampiren« gelesen hat (Köchelverzeichnis 214, 215, 216), wird wissen, welch ein Gefühl ich empfand, als ich meinen Neffen Ladi sah. Er war ein Labsal für jeden Kranken. Wir machten die Damen miteinander bekannt.

»Diese Männer!« seufzte Frau Kleinfeld. »Einen so zu erschrecken!«

»Hat man Sie auch so überrascht mit der Nachricht?« fragte meine Frau.

»Überrascht? Ich sitze Montag abend vor dem Fernsehapparat –«

»Kojak!« rief Ladi dazwischen. »Bum! Bum!« Er verschanzte sich hinter dem oberen Ende meines Bettes, wodurch mir die Tafel mit meiner Krankheitsgeschichte auf den Kopf fiel, was mir eine Rißwunde auf der linken Stirnseite eintrug.

»Ladi!« warnte Hermine.

»Hattest du eine schöne Krankenschwester?« fragte mich Ladi. »Papa war einmal sechs Wochen in einem Sanatorium, und Mama hat gesagt, nur wegen der Krankenschwester. Er hätte schon nach vier Wochen nach Hause kommen können.«

»Sei still!« rief Hermine drohend.

»Sie wollten etwas erzählen«, wandte sich meine Frau schnell an Frau Kleinfeld, um die unangenehme Situation zu überbrücken.

»Ja. Ich sitze also Montag abend vor dem Fernsehapparat –«

»Dienstag«, korrigierte Frau Hummer.

»Montag. Erinnere dich, ich war vorher bei dir zur Anprobe. Meine Freundin schneidert nämlich«, erklärte sie den andern Damen.

»Mein Hobby«, warf Frau Hummer ein. »Ich hatte einmal einen Modesalon, bin aber jetzt verheiratet und arbeite nicht mehr.«

»Außer für mich«, meinte Frau Kleinfeld stolz. »Das Kleid, das ich anhabe, ist auch von ihr.«

»Schick!« sagte meine Frau.

»Sehr fesch!« sagte Hermine.

»Unten zipft es«, sagte Ladi.

Er war ein Lausbub, aber er hatte recht: das Kleid zipfte.

»Wo lassen *Sie* arbeiten?« erkundigte sich Frau Hummer bei meiner Frau. »Als Künstlerin haben Sie sicher einen erstklassigen Couturier.«

»Das ist verschieden«, log meine Frau. »Ich lasse immer dort

arbeiten, wo ich gerade auftrete. In Rom bei Schuberth, in Paris bei Courrège ...«
»Und in Wien bei Frau Wondrak«, ergänzte Ladi. »Mama sagt immer, von der würde sie sich nicht einmal einen Knopf annähen lassen.«
»Ladi!« fauchte Hermine ihn an. Ich fühlte es: Ladi ging am Rande einer Ohrfeige spazieren. Wenn es einen Ohrfeigenfahrplan gäbe, müßte sie in längstens einer Minute eintreffen. Meine Frau trat Ladi heftig mit dem Fuß gegen das Schienbein.
»Au!« schrie er auf. »Bum! Bum!« Er kletterte auf das Bett Kleinfelds, deckte sich mit Kleinfelds Körper und schrie: »Ihr werdet nicht schießen, oder ihr trefft meine Geisel!« Kleinfeld, der diese Geiselnahme nicht erwartet hatte, zitterte am ganzen Leib.
»Ladi!« rief Hermine. Ladi heulte. Die Ohrfeige war fahrplanmäßig angekommen.
»Ein aufgewecktes Kind!« meinte Frau Kleinfeld und lächelte maliziös.
»Kümmern Sie sich nicht um ihn«, bat Hermine. »Sie wollten doch erzählen, wie Sie die Nachricht von der Erkrankung Ihres Mannes bekommen haben.«
»Ach ja. Ich sitze also Montag abend vor dem Fernsehapparat –«
»Dienstag«, warf Frau Hummer wieder ein. »Montag spielten wir Bridge.«
»Stimmt!«
»Sie spielen Bridge?« fragte meine Frau sofort.
»Leidenschaftlich gern.«
»Wir spielen auch – meine Schwägerin und ich.«
»Da könnten wir doch einmal eine Partie zu viert –?«
»Das wäre reizend!«
»Papa sagt immer, mit der Tante kann man nicht spielen, sie versteht nichts von Bridge!« rief Ladi dazwischen.
»Schweig!« Das klang zweistimmig. Meine Frau und meine Schwägerin hatten sich zu einem Duo vereinigt. Mit dem Soloeinsatz »Du Fratz – geh hinaus!« schob Hermine ihren Sprößling vor die Tür. Ich will es gleich vorwegnehmen – er blieb nicht lange draußen. Nach fünf Minuten brachte ihn Schwester Maria mit ernstem Gesicht herein. »Wem gehört dieser Bengel?« fragte sie. Sie – die Immergeduldige. »Er hat eine Injektionsnadel von einem Tablett genommen und hat sie Schwester Klara, als sie sich bückte, in den Rücken gestoßen.«
»Sie lügt!« rief Ladi. »Es war nicht der Rücken!«
Seine Mutter zerrte ihn an der Hand zu einem Stuhl. »Da bleibst du

sitzen!« schrie sie. Vom Nebenzimmer klopfte man an die Wand. »Und sei brav, sonst darfst du nicht mehr mitkommen, wenn der Onkel wieder krank ist! Entschuldigen Sie, Schwester!« flehte sie. Und Schwester Maria, die Allesertragende, rauschte, ohne ein Wort zu erwidern, hinaus.
»Wie war das also?« fragte meine Frau. »Wie haben Sie die Nachricht von der Erkrankung Ihres Mannes bekommen?«
»Ach, auf eine ganz rücksichtslose Weise«, antwortete Frau Kleinfeld. »Ich sitze vor dem Fernsehapparat – es war Dienstag, meine Freundin hat recht –, plötzlich werde ich aus dem Krankenhaus angerufen, daß man eben meinen Mann eingeliefert hat. Sie können sich meinen Schreck denken. Ich hatte das Abendessen fertig – ich hatte an diesem Abend zum erstenmal Persisches Pilaf gemacht, nach einem Rezept, das man mir in Teheran gegeben hat –«
»Sie waren in Teheran?« unterbrach meine Frau sie. »Wir auch!«
»Ach ja? Mein Mann will seither nur persisch essen!«
Um Gottes willen, fuhr es mir durch den Kopf. Hoffentlich fällt jetzt nicht das Wort »Hammel«, sonst wird mir schlecht. Ich habe von einem dieser verfluchten persischen Hammeln Gelbsucht bekommen.
»Vorige Woche hatten wir Hammelragout –«
Da war es schon. Ich fühlte, wie Leber und Galle einander zunickten, als wollten sie sagen: »Auf geht's, Freunderl!«
»Interessant! Wie bereiten Sie das zu?«
Wozu fragt meine Frau? Will sie mich umbringen? Kleinfeld verdrehte die Augen, seine Miene verriet mir alles. Nicht *er* wollte persisch essen. Sie – nur sie! Ihm wurde genauso übel davon wie mir.
»Es ist ganz einfach«, begann Frau Kleinfeld. »Sie nehmen kleingeschnittenes Hammelfleisch –«
Vorsicht! warnte meine Galle, aber wer hörte schon auf sie? Kleinfeld griff sich mit beiden Händen auf den Unterleib.
»Rösten es«, setzte Frau Kleinfeld fort, »geben Pfeffer und Salz dazu, feinzerdrückten Knoblauch, gehackte Petersilie, Tomatenmark und Madeirasauce, rösten gehackte Zwiebeln in Butter und legen sie auf das Hammelfleisch –«
Nein, bitte nicht! Ich sah auf meine Hände, sie waren wie Herbstlaub. Sie färbten sich gelb. Kleinfeld krümmte sich vor Schmerzen – man bemerkte es nicht.
»Wenn es Sie interessiert, lasse ich Ihnen einige Rezepte zukommen. Oder noch besser – Sie kommen zu uns zum Abendessen – auf

einen gebratenen Hammelrücken mit Speck und Bratkartoffeln.«
»O fein!« freute sich meine Frau. »Mein Mann wird begeistert sein!«
Dein Mann! Wenn er dann noch lebt, dieser Mann! Ich hätte gern einen Arzt verlangt, aber vor den Damen? Kleinfeld hatte es besser als ich – er war ohnmächtig geworden.
»Schön, daß wir uns so gut verstehen«, meinte Frau Kleinfeld. »Übrigens – ich heiße Kamilla!«
»Ich heiße Cissy!«
»Ich heiße Hermine!«
»Und ich Vally!«
»Servus!« Sie küßten sich über unsere Betten hinweg. Frau Kleinfeld duftete nach Hammelfett. Ich bekam Fieber, ich fühlte es, ich sah den Persienurlaub vor mir: Teheran, Hammelfleisch, Knoblauch, Speck, Öl, Oliven, Hammelzunge, Hammelfüße, Hammelnieren – ich konnte nicht mehr! Es wundert mich nicht, daß der Schah jedes Jahr einmal nach Europa kommt, um sich durchuntersuchen zu lassen. Mein Magen! Einen Arzt, bitte! Zwei Ärzte, drei Ärzte!
Schwester Maria trat ein. »Wer hat geläutet?« fragte sie. Niemand. Doch! Ladi! Er hatte mit der Klingel gespielt! Er ist ein Lausbub, der Lausbub, aber Allah segne ihn, Gott behüte ihn, Buddha wache über sein Leben, Manitou nehme ihn in die ewigen Jagdgründe auf, und die tapfersten Helden der Roten mögen seine Sklaven sein. (Mit den »Roten« spiele ich auf keine politische Partei an.)
»Es ist Zeit, daß Sie gehen«, sagte Schwester Maria, »für den ersten Besuch war es lange genug. Das viele Sprechen strengt die Patienten an.« Das viele Sprechen! Nicht ein Wort haben wir gesprochen! Trotzdem – Schwester Maria ist ein Engel. Die Damen gingen. Keine hatte uns nach unserm Befinden gefragt – weder Kleinfeld noch mich.
Wir verbrachten eine unruhige Nacht. Am nächsten Morgen kam die ärztliche Visite, Kleinfeld und mir wurde die Gallenblase entfernt, und diesmal war ich so gar nicht stolz darauf, daß meine Operation schwieriger war als seine.
Was hatte ich erreicht? Nichts. Wenn jemand einen meiner Kollegen trifft und die Rede auf mich kommt, und wenn dieser Jemand fragt: »Was hatte er, daß er so lange im Krankenhaus war?«, dann antwortet man nicht, wie ich es erwartet hatte, mit gebührender Ehrfurcht: »Einen Kreislaufkollaps!« – nein – man sagt geringschätzig: »Eine Gallenblasengeschichte.«

Die vier Damen kommen noch immer zusammen, sie spielen Bridge, sie geben Damenjausen, sie haben denselben Friseur, dieselbe Masseuse. Kleinfeld und ich aber haben einen Verein gegründet, dessen oberstes Ziel es ist, Krankenbesuche in Spitälern nur bei wirklich gesunden Patienten zu erlauben.

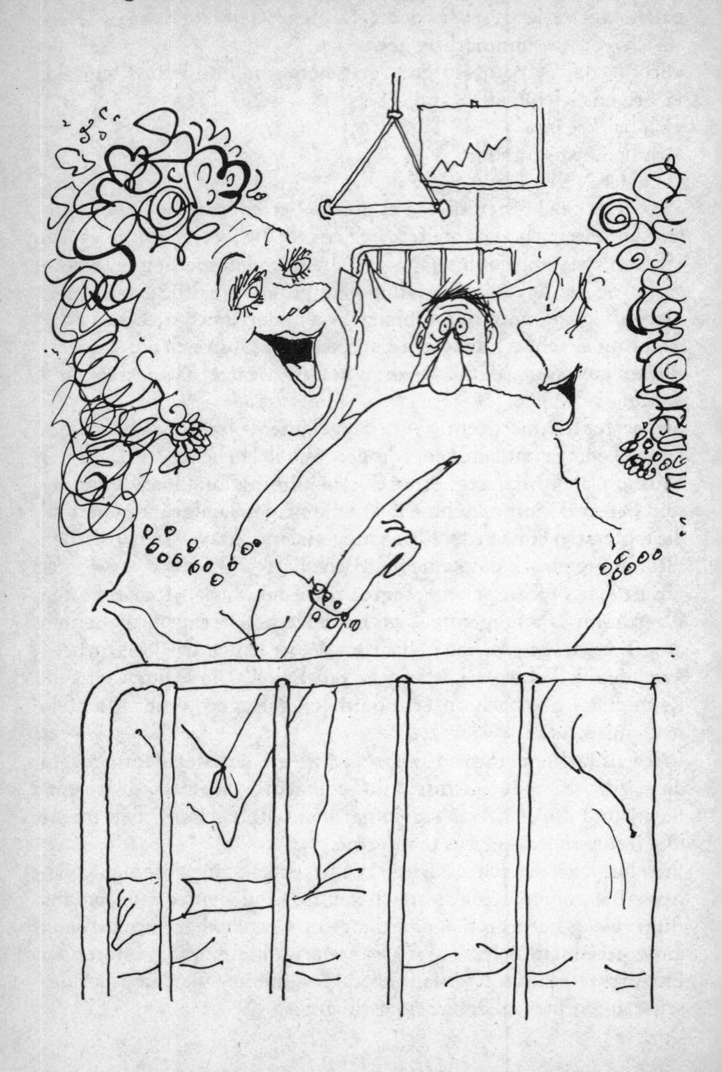

Es gibt Menschen, die schreiben, und es gibt Menschen, die lesen. Die letzteren teilen sich in zwei Gruppen: in die Langsam- und in die Schnelleser. Die Schnelleser gleichen den Schnellessern. Sie verschlingen hastig, was sie vor sich haben, und wissen am Schluß nicht, was man ihnen vorgesetzt hat. Eines Tages erfuhr ich das. Es war

Der schwärzeste Tag meines Lebens

Ich hatte für eine Wiener Bühne eine Operette bearbeitet. Das Werk stammte aus dem Jahr 1878, die Musik war von Carl Millöcker, das Libretto war unbrauchbar geworden. Also ging ich hin und schrieb ein neues. Wenn ich sage »Ich ging hin«, so stimmt das nicht. Ich ging nämlich auch her. Ich pflege beim Schreiben meiner Meisterwerke immer hin und her zu gehen. Das bäuerliche Milieu, in dem sich die Handlung abspielt, mußte ich natürlich beibehalten, da ja die Musik darauf zugeschnitten war, ich änderte also die Dialoge, fügte Personen hinzu, ließ andere weg usw. Nach einigen Wochen Schwerarbeit war ich fertig, man ging auf die Probe, es kam die Premiere. Applaus, Blumen, Vorhänge wie immer, anschließend Premierenfeier und Reden. Ich habe vergessen, den Titel der Operette zu verraten. Sie hieß »Das verwunschene Schloß«, und ich hatte bereits am nächsten Morgen Gelegenheit, dieses verwunschene Schloß zu verwünschen.

Meine Frau legte mir die Morgenzeitungen auf den Frühstückstisch. Ich mache mir nichts aus Kritiken, außer daß ich sie lese, ausschneide, fein säuberlich in ein Album klebe und eine Kopie davon immer »zufällig« in meiner Brieftasche trage, um sie meinen Kollegen im Kaffeehaus präsentieren zu können. Ich meine natürlich die *guten* Kritiken. Die schlechten fliege ich durch, sage »Trottel« und gehe zur Tagesordnung über. Dabei nagt es in meinem Innern wie ein Holzwurm, der sich auf Galle umgestellt hat. Da hat doch ein gewisser A. K. die Frechheit, über meine Person folgendes zu schreiben: »Nun zur Bearbeitung von Hugo Wiener, der sich anscheinend für einen zweiten Anzengruber hält. Seine bäuerlichen Dialoge sind von einer Unkenntnis des Milieus, daß ich keinen Autor wüßte, der sie hätte schlechter schreiben können. Darin ist er Meister. Er stellt – so denkt er wohl – seine Figuren in einen naturgetreuen Alpengarten, während sie in Wahrheit in einem welken Mistgärtlein stehen. Beachtenswert sind die Sprünge, die er in seiner Story macht. Würde er solche Sprünge beim Skifahren wagen – er würde sich beide Beine brechen. Sollte Hugo Wiener die Absicht gehabt haben, das schlechte Buch noch schlechter zu machen, dann gratulieren wir ihm. Es ist ihm gelungen. A. K.«

Ich sagte »Trottel!« und legte die Zeitung beiseite.

»Wieso Trottel?« fragte meine Frau. »Vor einem Jahr, als er dich so gelobt hatte, sagtest du, A. K. sei der fähigste Kritiker von allen.«

»Vor einem Jahr war er ja auch noch fähig. Inzwischen ist er alt und senil geworden.«

A. K. war ein Endzwanziger. Aber zurück zur Kritik. Was mich am meisten ärgerte, waren die höhnischen Bemerkungen, die er gebrauchte, wie: *zweiter Anzengruber ... darin ist er Meister ... stellt seine Figuren in einen naturgetreuen Alpengarten ... gratulieren ihm ... es ist ihm gelungen* usw.

Ich war am Boden zerstört. Alle werden die Kritik gelesen haben, Joschi, Wronsky, Robinson, Wimmer, Pelikan. Im Kaffeehaus wird man tuscheln, und sämtliche Kollegen werden sich in sämtliche Fäustchen lachen.

Meine Frau versuchte mich zu beruhigen. »Ärgere dich nicht – morgen erinnert sich kein Mensch mehr daran.« Sie hatte leicht reden. Morgen! Aber heute! »Du mußt gehen«, setzte sie fort. Ich dachte nicht daran. Damit mir die Leute, überall wo ich hinkomme, ins Gesicht lachen? Nein!

»Ich bleibe zu Hause«, sagte ich fest.

»Warum?«

»Ich habe Halsschmerzen.«

»Du hast keine Halsschmerzen, du hast Magenschmerzen, weil du die Kritik nicht verdauen kannst. Du kannst nicht zu Hause bleiben. Zebisch erwartet dich im Kaffeehaus.« Das stimmte. Zebisch war ein Fernsehregisseur, der die Fähigkeit besaß, aus guten Büchern schlechte Sendungen zu machen. Ich spreche da nicht nur von mir. Auch Kollegen wie Goethe, Schiller, Molnar, Schnitzler, Anouilh und Jonesco hatten dran glauben müssen. Zebisch hat heute einen guten Tag. Er hat bestimmt schon zum Kaffee die verdammte Kritik in sich hineingeschlürft. Unter welchem Sternzeichen war er bloß geboren? Hab's schon. Widder. Ich schlug in der Zeitung nach. »Die

unter diesem Sternzeichen Geborenen werden heute auf Kosten eines andern eine große Freude erleben.« Klar! Der andere war ich.
»Ich gehe nicht«, sagte ich.
Zu spät! Meine Frau hatte mir bereits meinen Aktenkoffer in die Hand gedrückt und die Tür geöffnet. »Geh!« sagte sie. Ich ging. Als ich auf die Straße trat, fühlte ich mich wie ein Fallschirmspringer, der aus dem Flugzeug gestoßen wird und der den Schirm im Kaffeehaus vergessen hat. Mit zu Boden geschlagenen Augen schlich ich dahin. Ich wagte nicht, den Kopf zu heben. Alle, alle, die mir entgegenkamen, hatten bestimmt die Kritik gelesen.
»Ihr Hunde!« dachte ich mit wildem Grimm. »Gibt es denn keine andere Zeitung? Müßt ihr just dieses letztrangige Schmierblatt lesen?« Plötzlich stieß ich mit Dr. Wronsky, meinem Zahnarzt, zusammen.
»Gratuliere!« rief er und schüttelte mir die Hand.
»Wozu?«
»Zu Ihrer fabelhaften Kritik. Haben Sie sie noch nicht gelesen? A. K. schreibt, daß Sie ein zweiter Anzengruber sind!«
Wollte er mich zum besten halten, oder meinte er es ehrlich? »Das Stück muß ich mir ansehen«, sprach er weiter. »Kann man durch Sie Karten bekommen? Natürlich zum vollen Preis.« Mein Selbstbewußtsein hob sich. »Ich werde tun, was ich kann«, sagte ich gönnerhaft und ging weiter.
Wronsky gehörte also zu den schnellen Lesern, die ihre Zeitung durchfliegen und dann der Meinung sind, alles Wissenswerte gelesen zu haben. Ich hatte ihn eigentlich nie sehr leiden mögen, aber er war doch ein patenter Kerl. Wo gibt es noch solche prachtvollen Menschen? Alle andern buchstabieren Wort für Wort, Zeile um Zeile, damit ihnen nur ja keine Silbe entgeht. Oh, wie ich euch verabscheue, ihr langsamen Zeitungsleser!
»He, hallo!« rief da jemand. Schorschi Wimmer! »Gratuliere!« kam er auf mich zu. »Ich bin stolz, zu Ihren Freunden zu zählen!«
»Warum eigentlich?« fragte ich.
»Ihre Kritik! A. K. schreibt, daß Sie ein Meister sind! Meine Frau ist eben dabei, für den nächsten Samstag Karten zu besorgen. Oder ist es bereits ausverkauft?« erkundigte er sich ängstlich. Ich beruhigte ihn. Die Leute warten ja doch erst die Kritiken ab.
»Dann wird es jetzt schon ein großes Gedränge an der Kassa geben! Ich fahre selbst zum Theater – das ist besser. Ich freue mich! Auf Wiedersehen – Meister!«
»Auf Wiedersehen!« Also auch Wimmer ein Schnelleser. Und wer

weiß, wie viele noch. Vielleicht auch Joschi, Robinson und Pelikan.
Jemand verstellte mir den Weg. Pelikan. »Nicht so hastig!« sagte er. »Ich verstehe Ihre Bescheidenheit, aber das ist zuviel. Die Premiere muß ja ein toller Erfolg gewesen sein. Wenn ein solcher Miesmacher wie A. K. schreibt, daß er Ihnen gratuliert und daß Ihnen das Werk gelungen ist, dann hat das schon etwas zu bedeuten. Mein ganzer Klub geht ins Theater. 28 Mann hoch! Auf Wiedersehen!«
Ich fühlte es im Rücken, daß er mir bewundernd nachblickte. 28 Karten zum vollen Preis! Es gibt noch Menschen, die für Kunst etwas übrighaben!
Ich kam ins Kaffeehaus. Zebisch sprang auf und eilte mir entgegen. »Ich freue mich für Sie«, sagte er und drückte mir die Hand. »Ist ja fabelhaft angekommen, Ihre Operette! Die Kritik von A. K.? Einmalig! Zweiter Anzengruber, Meister, naturgetreuer Alpengarten, beachtenswert, gratuliere, gelungen – was wollen Sie mehr? Ich habe drei Regieverträge. Ich werde dafür sorgen, daß Sie den Auftrag bekommen, die Bücher dazu zu schreiben!«
Ich bekam den Auftrag.

Gute Kritiken muß man haben.

Es gibt Sänger, die singen, wenn sie allein sind – und es gibt Sänger, die allein sind, wenn sie singen.

(Aus Erfahrung)

Don José ...
Herr Borgmann a. G.

Borgmann war Sänger. Opernsänger. Wir kennen den Künstler seit langem, bloß seine Stimme kannten wir nicht. Wir wußten nur, daß sie für die Wiener Staatsoper nicht gereicht hat – und so sang Borgmann auf kleinen und kleinsten Bühnen Österreichs und der BRD. Er haßte die Wiener Opernkritiker, und vielleicht mit Recht. Sie haben den Schalk im Nacken sitzen. So las ich vor kurzem in einer »Troubadour-Rezension (Die Namen der Künstler sind nicht ihre wirklichen. Wozu auch? Anm. d. Autors): »Wer oder was veranlaßte bloß Herrn Paulus, den Manrico zu singen? Ein Frosch macht dasselbe Geräusch, und man kann noch seine Schenkel essen.« Ein andermal über die Abschiedsvorstellung eines Sängers – man gab die »Entführung« –, der von Wien nach Graz wechselte: »Herr Robert, der nun endgültig nach Graz geht, sang den Belmonte. Während das ganze Haus ›Buh!‹ machte, riefen sechs Herren aus einer Loge unentwegt: ›Nicht nach Graz gehen! Hierbleiben!‹ Wie ich später erfuhr, waren die Herren aus Graz.« Schonender geht die Kritik mit Damen um. So las ich z. B.: »Frau Ada Rom hat einen Singvogel in ihrer Brust wohnen.« Ich sah sie mir an. Der Singvogel war klein, aber er wohnte sehr schön.

Aber zurück zu Borgmann. Er sang, wie erwähnt, auf kleinen und kleinsten Bühnen und spezialisierte sich im Laufe der Zeit auf eine bestimmte Partie. Es war der Don José in »Carmen«. In Znaim, in St. Pölten, in Bielefeld, in Saarbrücken, in Kamen und Duisburg, in Lübeck und Lüneburg – wo immer man »Carmen« spielte, las man auf dem Programmzettel: Don José – Herr Borgmann a. G.

Eines Tages erfuhr ich von Dr. Wronsky, daß Borgmann am Abend in der Nähe Wiens singe. Meine Frau meinte: »Fahren wir hin, er wird sich freuen.« Da ich derselben Ansicht war, fuhren wir hin.

Man gab natürlich »Carmen«, und die Plakate waren mit roten Streifen überklebt, auf denen zu lesen stand: Don José – Herr Borgmann a. G.
Wir schickten Borgmann einen Strauß Rosen in die Garderobe – er sollte wissen, daß wir da sind – und teilten ihm mit, daß wir ihn in der Pause nach dem zweiten Akt aufsuchen würden. Das Haus war ausverkauft – es war nicht sehr groß –, die Vorstellung begann. Borgmann sang. Wir trauten unseren Ohren nicht. Er schrie, er grölte, er brüllte, seine Stimme füllte den Zuschauerraum, und wir wären am liebsten fortgegangen, um ihr Platz zu machen. Aber das konnten wir nicht. Durch die dummen Rosen hatten wir ihm ja verraten, daß wir hier sind. Jetzt sang er piano, wir atmeten auf, aber schon legte er wieder los. Ich sah ihn an, ich sah, ich sah – nur um ihn nicht hören zu müssen. Es nützte nichts. Meine Frau hatte am Büfett ein Säckchen mit Malzbonbons gekauft, wir steckten uns jeder zwei Bonbons in die Ohren – vergebens. Borgmanns Stimme durchdrang das härteste Malz. Das Aufgraben einer Straße mit dem dazugehörigen Getöse, dem trommelfellzerreißenden Dröhnen der Preßluftbohrer, den aufmunternden »Horuck«-Rufen der Vorarbeiter, diese ganze Lärm-Sinfonie war eine einschmeichelnde Weise gegen die Geräusche, die aus Borgmanns Kehle kamen. Das war ein Gekreisch, ein Geheul, ein Gejammer – sechs jaulende Kettenhunde hätten ihn darum beneidet. Der erste Akt war zu Ende, wir erwarteten einen Skandal – im Gegenteil! Das Publikum applaudierte, rief »Bravo!« und »Hoch!« – wir verstanden es nicht. In der Pause fragten wir nach einer Apotheke, wir wollten uns Oropax kaufen, aber sie war bereits geschlossen.
Wir berieten, was zu tun sei. Daß wir Borgmann in der Garderobe aufsuchen mußten, war uns klar. Aber was sagen wir ihm bloß? Wir einigten uns auf folgenden Dialog. Ich werde sagen: »Borgmann, ich bin begeistert!«, worauf meine Frau sagen wird: »Mir fehlen die Worte!« Wir probierten den Text einigemal durch: »Ich bin begeistert!« – »Mir fehlen die Worte!« – »Ich bin begeistert!« – »Mir fehlen die Worte!« Der Direktor, der uns erkannt hatte, kam auf uns zu und fragte: »Wie gefällt es Ihnen?« Ich sagte: »Ich bin begeistert!«, meine Frau: »Mir fehlen die Worte!« Wir sahen uns glücklich an – es war unsere Generalprobe gewesen. Der zweite Akt begann. Borgmann mußte sich in der Pause eingeschrien haben, er sang jetzt noch lauter als im ersten Akt. In der Blumenarie »und ewig dir gehör ich an« stieß er ein hohes C heraus, was leider nicht die gewünschte Wirkung hatte, weil das Orchester ein B spielte. Und da im Orchester sechsundzwanzig Mann saßen, während

Borgmann mit seinem C allein war, dürfte das Orchester mit dem B recht gehabt haben. Die Sängerin der »Carmen« war uns eigentlich ganz sympathisch, und doch warteten wir schon auf ihren Tod, weil wir wußten, daß Borgmann dann nur noch zu heulen hatte: »Seht mich hier blutgerötet! Ja, ich hab sie getötet! Ach, Carmen, du mein angebetet Leben!« Dann fällt der Vorhang, so lange mußten wir durchhalten. Da war aber noch diese verwünschte Pause, in der wir Borgmann aufsuchen mußten.
Der zweite Akt war aus – tosender Beifall. Wir gingen hinter die Bühne und sprachen uns dauernd unseren Text durch. Ich: »Borgmann, ich bin begeistert!« Meine Frau: »Mir fehlen die Worte!« Im Garderobengang sahen wir, wie üblich, einen Anschlag: »Rauchen verboten!« Ein Feuerwehrmann kam uns entgegen. Schnell zündete ich mir eine Zigarette an und blies ihm den Rauch ins Gesicht, in der Hoffnung, daß er uns hinausweisen würde. Hätte er das getan, hätte ich ihm einen Krach gemacht, hätte ihm vielleicht sogar eine Ohrfeige gegeben, weil ich im Moment lieber in den Arrest gegangen wäre als in Borgmanns Garderobe. Der Feuerwehrmann enttäuschte mich. Er nahm eine Zigarette aus der Tasche, bat mich um Feuer und ging weiter. Nun hatten wir keine andere Wahl mehr – wir mußten zu Borgmann. Wir klopften an die Tür und traten ein. Borgmann saß leichenblaß vor dem Spiegel und stierte vor sich hin. »Borgmann!« rief ich. »Ich bin begeistert!« Und meine Frau sagte: »Mir fehlen die Worte!« Borgmann hörte uns nicht. Er saß nur da und schüttelte verzweifelt den Kopf.
Der Direktor trat ein. »Borgmann!« rief er glücklich. »Gratuliere! Sie haben einen tollen Erfolg!« Borgmann beachtete ihn nicht. »Dieses Publikum!« flüsterte er unglücklich vor sich hin. »Dieses Publikum!«
Wir wunderten uns. »Was haben Sie gegen das Publikum?« fragte der Direktor verständnislos. »Das Publikum ist außer sich vor Entzücken! Was sagen *Sie*?« wandte er sich an mich. Ich sagte: »Ich bin begeistert!«, worauf meine Frau schnell einfiel: »Mir fehlen die Worte!« Borgmann saß da – ein Bild des Jammers – am Boden zerstört. »Lassen Sie mich mit ihm allein«, bat uns der Direktor. Wir verließen die Garderobe. Als wir wieder auf unseren Plätzen saßen, wurde das Licht eingezogen, wir erwarteten den dritten Akt – plötzlich trat der Direktor vor den Vorhang und verkündete traurig: »Meine Damen und Herren! Wir sind leider gezwungen, die Vorstellung abzubrechen. Unser Gast, Herr Borgmann, ist plötzlich heiser geworden. Die Eintrittskarten behalten für die morgige Schneewittchenvorstellung ihre Gültigkeit.« Das Publikum verließ

tief enttäuscht das Theater. Wir gingen in unsere Stammbar, um die beiden Akte, die man uns erspart hatte, zu feiern.
Auf Umwegen erfuhr ich es. Borgmann war gar nicht heiser geworden. Er hatte den dritten und vierten Akt niemals studiert, weil man ihn bisher immer nach dem zweiten Akt hinausgeworfen hatte.

Ich erzählte es meiner Frau und setzte hinzu: »Wirklich ein Mut von Borgmann. Ich bin begeistert!« Worauf meine Frau sagte: »Mir fehlen die Worte!«

Ein Experte ist ein Mann, der so lange sagt: »Das ist so!« bis ein anderer Experte kommt und sagt, daß es anders ist. Eines Tages lernte ich sie kennen:

Die Experten

Ich hatte ein Bild gekauft. Bei einem Trödler. Es war kein schönes Bild, es war ein billiges Bild. Es sollte ja bloß den Brandfleck an der Wand über meinem Schreibtisch verdecken, der anläßlich eines Heimfeuerwerks, mit dem uns mein Neffe Ladi, 10, im vergangenen Fasching beglückt hatte, zurückgeblieben war. Das Bild zeigte eine ziemlich üppige nackte Schönheit, die, während sie auf einer Wiese liegt und einen Apfel ißt, von Amoretten umschwärmt wird. Meine Frau haßte das Bild. Erstens, weil *ich* es gekauft hatte, und zweitens – es war wirklich nicht schön. Sie nannte es einen geschmacklosen Schinken, und was ihr besonders mißfiel, war das Spinatgrün der Wiese. Ich ließ sie reden. Das Bild sollte ja nur bis zum Herbst hängen bleiben, dann lassen wir tapezieren, und Fleck und Bild werden verschwinden. So dachte ich, bis uns eines Tages unser Steuerberater, Dr. Bachmann, besuchte.
Er begrüßte mich – plötzlich fiel sein Blick auf das Bild.
»Woher haben Sie dieses Bild?« stammelte er.
»Ich habe es bei einem Trödler gekauft«, sagte ich und entschuldigte mich sofort: »Es soll nur den Fleck verdecken, der –«
»Ja, Menschenskind!« unterbrach er mich. »Wissen Sie denn nicht, was Sie da für einen Schatz haben? Das ist ein echter Caneloni!«
Ich wußte nicht, was ein Caneloni ist, aber Bachmann, der etwas von Bildern verstand, erklärte es mir: »Caneloni war ein Rubensschüler. Ungefähr 1610. Seine Bilder sind momentan stark gefragt. Das Bild ist gut fünfhunderttausend Schilling wert!«
Jetzt gefiel es auch meiner Frau. »Dieses herrliche Grün!« sagte sie.
»Nicht wahr?« meinte Bachmann aufgeregt. »Das ist eine Spezialität Canelonis. Man nennt es nach ihm ›Canelonigrün‹! Unternehmen Sie nichts mit dem Bild – ich komme morgen mit einem Experten wieder.«
Weg war er.

Meine Frau setzte sich dem Bild gegenüber auf einen Stuhl und schmachtete es an. »Wundervoll!« sagte sie. »Dieses Caneloni-grün!«
Aus dem Spinatgrün war plötzlich ein Canelonigrün geworden.
»Denkst du«, spielte ich mich auf, »ich habe nicht gewußt, was das für ein Kunstwerk ist?«
»Du bist ganz groß!« gab meine Frau, zum erstenmal in unserer Ehe, zu. »Man muß es genau anschauen. Siehst du den Schmetterling, der dort auf der Blume wippt?«
Ich sah keine Blume, ich sah keinen Schmetterling, ich sah nur die fünfhunderttausend Schilling. Ich träumte von ihnen. Caneloni persönlich kam zu mir und drückte sie mir in die Hand. Er wollte sein Bild wiederhaben. Am nächsten Tag kam Dr. Bachmann mit einem Herrn. »Professor Kammetmacher«, stellte er ihn mir vor, »von der Galerie Blumenfeld. Einer der größten Caneloni-Experten, die es gibt.«
»Ich habe von Ihrem Glück gehört«, sagte Kammetmacher. »Wo haben Sie das Bild?«
Ich führte die Herren in mein Arbeitszimmer. Kammetmacher erblickte das Meisterwerk. Er blieb wie gebannt stehen. Dann ging er näher, betrachtete es von allen Seiten, prüfte es durch eine Lupe, besah auch die Rückseite, wandte sich an Bachmann und sagte: »Sie haben sich geirrt, lieber Freund, das ist kein Caneloni.«
Kein Caneloni? Wo sind meine fünfhunderttausend Schilling?
»Aber das Grün?« fragte meine Frau, die ins Zimmer gekommen war. »Dieses saftige Canelonigrün?«
»Das täuscht, gnädige Frau«, meinte Kammetmacher und fügte feierlich hinzu: »Das ist kein Caneloni – das ist ein Gelato!« Und zu mir: »Ich gratuliere Ihnen. Dieses Bild hat einen Wert von einer Million!«
Ich mußte mich setzen, sprang aber sofort wieder auf. Ich hatte mich auf meine Frau gesetzt, die in Ohnmacht gefallen war.
»Ein Gelato?« fragte ich ehrfurchtsvoll.
»Unverkennbar.«
»Und der Baum?« ereiferte sich Bachmann. »Gelato hat niemals solche Bäume gemalt!«
»Das ist es ja eben«, gab Kammetmacher zur Antwort. »Wir haben es hier mit einem frühen Gelato zu tun. Einem bisher völlig unbekannten.«
»Ich glaube es nicht. Nein, nein, nein!« Bachmann schüttelte den Kopf. Was hatte er? Warum beharrte er auf diesem Nichtskönner von einem Caneloni, der nur fünfhunderttausend wert war, wäh-

rend ich für einen Gelato eine Million bekommen würde? Wollte er mir fünfhunderttausend Schilling aus der Tasche stehlen?
»Es ist ein Gelato!« schrie ich.
»Ganz klar«, pflichtete Kammetmacher mir bei.
»Was wissen den *Sie*?« brüllte Bachmann den ›größten Caneloni-Experten, den es gibt‹ an. »Was sind Sie denn schon? Ein Bilderhändler!«
»Und *Sie*?« gab Kammetmacher zurück. »Was sind *Sie*? Ein Steuerberater! Und noch dazu ein schlechter!« Er wandte sich mir zu. »Unternehmen Sie nichts mit dem Bild – ich habe Interessenten.«
Die beiden entfernten sich. Zwei Feinde.
Es klingelte an der Tür. Nacheinander kamen die Robinsons, Wimmers, Goldbergs, die Müllers und Meiers, die Nachbarn, die Leute vom Haus, von der Straße, vom Bezirk. Alle wollten das Kunstwerk sehen. Meine Frau mußte ununterbrochen Sandwiches und Bier servieren. Als die Leute endlich gingen, standen bereits zwei Polizisten vor unserer Tür, die den Befehl hatten, das Bild zu bewachen. Wir sahen aus dem Fenster. Unten gab es ein Polizeiaufgebot, das die Straße absperrte. Von den Kommissaren erkannten wir Keller, Derrick, Columbo und Mike Stone. Jeder, der durch die Sperre wollte, wurde perlustriert. Einen Telegrammboten ließ man durch. Er brachte uns eine Depesche: »ankomme morgen stop kaufe gelato stop smith stop direktor national art-museum new york.«
Am nächsten Tag war er da. Er war ein Experte. Das Bild war weder ein Caneloni noch ein Gelato, sondern ein Formaggio. Wert: eine Million Dollar!
Reporter erschienen. Meine Frau und ich sagten: »No comment!« Trotzdem waren die Zeitungen voll mit Berichten über unser Bild. Ein Experte des Louvre, der das Werk als einen echten Prosciutto erkannte, bot uns zwei Millionen Dollar, von einem Privatsammler hatten wir ein Angebot auf drei. Er behauptete, daß es sich bei dem Bild weder um einen Caneloni noch um einen Gelato, Formaggio oder Prosciutto handle, sondern um einen unbekannten Minestrone.
Leider überlegten wir zu lang. Die Regierung verhängte über das Bild ein Ausfuhrverbot. Unser Haus wurde unter Denkmalschutz gestellt.
Das Wiener Kunsthistorische Museum bot für das Gemälde fünf Millionen Schilling, wovon vier an das Finanzamt gehen würden. Der Museumsexperte versicherte, daß das Bild von Risotto stamme, einem Maler der Hoch-Renaissance. Wir betrauten zwei Anwälte mit der Wahrnehmung unserer Rechte. Warum sollten wir das Bild

um fünf Millionen Schilling verschleudern, wenn wir drei Millionen Dollar dafür bekommen konnten? Meine Frau gab Anzahlungen auf eine Villa im Cottageviertel, einen Zobelmantel und einen Jaguar. Und immer weiter regnete es Angebote. Amsterdam, London, Tokio. Sechs, sieben, zehn Millionen!
Wir waren einem Nervenzusammenbruch nahe. Wir beschlossen, für einige Tage dem Trubel zu entfliehen und uns irgendwo in einem kleinen Hotel zu verstecken.
»Bei dieser Gelegenheit«, schlug meine Frau vor, »könnten wir gleich die Wohnung saubermachen lassen.«
Als wir nach einer Woche zurückkamen, hatte das Bundesheer auf der Straße Stellung bezogen. Hubschrauber überflogen das Gebiet, die Polizisten trugen automatische Gewehre und Stahlhelme. Die Hausbewohner hatte man evakuiert, da man einen Terroranschlag befürchtete. Von zwei schwerbewaffneten Soldaten eskortiert, durften wir unsere Wohnung betreten.
Frau Matschek, unsere Hausbesorgerin, die die Reinigungsarbeiten leitete, kam uns entgegengelaufen.
»Sie werden eine Freude haben!« rief sie. »Das Bild! Sie werden staunen!«
Ein Schreck durchzuckte uns. Das Bild? Was war mit dem Bild? Schnell gingen wir in mein Arbeitszimmer. Frau Matschek lief hinter uns her.
»Das Bild war doch immer so dunkel«, sagte sie. »Alles Schmutz. Ich habe mir gedacht, ich wasche es mit einem ordentlichen Reinigungsmittel ab – und wissen Sie, was geschehen ist?«
»Was?!« riefen wir beide wie aus einem Mund.
»Die häßliche Farbe ist heruntergegangen. Und drunter war ein Bild – vom Kaiser Franz Joseph!«

Wir brauchten uns nicht länger den Kopf zu zerbrechen, wer der Maler des Bildes war. Es war signiert: Josef Woprschalek, Maler- und Anstreichermeister, Wien 1914.

Ein deutsches Sprichwort sagt: »Eine gute Ausrede ist einen Taler wert.« Das stimmt nicht. Eine gute Ausrede ist alles wert, solange sie neu ist. Eine verbrauchte Ausrede ist wertlos. Zu dieser Erkenntnis kam ich durch meine

Zwei Herren aus München

Vor einiger Zeit besuchten mich zwei Herren aus München. Sie kamen von einer Film- und Fernsehproduktionsfirma und suchten eine Idee für eine musikalische Sendung. Ich hatte eine solche, sie gefiel ihnen nicht, und sie fuhren wieder ab. Das klingt höchst einfach – und doch! Sie wissen es nicht, die Herren aus München, welche Verwirrung sie in mein Leben gebracht haben.
Kaum waren sie fort, rief unser Dentist, Dr. Wronsky, an. »Wollt ihr nicht morgen zu uns kommen? Meine Frau feiert die zweite Wiederholung ihres zwanzigsten Geburtstages. Es kommen die Robinsons, die Wimmers, die Pfandls ...«
»Moment!« sagte ich. »Ich muß in meinem Terminkalender nachschauen.« Nun habe ich gar keinen Terminkalender, aber ich habe eine Frau, die sich weigert, eine Gesellschaft zu besuchen, in der man die Pfandls trifft. Warum? Meine Frau hatte sich ein Kleid machen lassen – ein Modell. Frau Pfandl hatte sich ebenfalls ein Kleid machen lassen – auch ein Modell. Nun wollte es das Unglück, daß beide Kleider nach ein und demselben Modell gemacht worden waren. Das führte zur Katastrophe. *Wir* besuchten ein Konzert – und Pfandls besuchten ebenfalls ein Konzert. Und da wollte es wieder das Unglück, daß es ein und dasselbe Konzert war. Und nun standen die beiden Damen einander gegenüber – in gleichen Kleidern. Wäre Pfandl und mir so etwas passiert, hätten wir gelacht. »So ein Zufall!« hätten wir gesagt. »Wir haben die gleichen Anzüge an!« Anders unsere Frauen. Sie sprachen kühl miteinander – die Kleider wurden mit keinem Wort erwähnt –, aber von diesem Abend an wichen sie einander aus. Zwei feindliche Königinnen.
Deshalb bedeckte ich die Sprechmuschel des Telefons mit der Hand und flüsterte meiner Frau, die eben ins Zimmer kam, zu: »Wronsky will uns zum Geburtstag seiner Frau einladen, aber die Pfandls sind dort!«

»Dann gehe ich nicht.«
»Das weiß ich, aber was soll ich sagen?«
»Sag, was du willst.«
»Ich weiß nicht, was ich will!«
»Dann sag irgendwas!«
Die Herren aus München fielen mir ein. Ich nahm die Hand von der Sprechmuschel und sagte bedauernd: »Leider! Morgen geht es nicht, ich habe eine Besprechung. Zwei Herren aus München ... Du verstehst.«
Er verstand. »Vielleicht ein andermal«, sagte er.
»Ich hoffe es.« Wir legten auf.
Gleich darauf wurde meine Frau angerufen. »Wann wäre das?« hörte ich sie fragen, und »Leider!« hörte ich sie sagen. »An diesem Tag hat mein Mann eine Besprechung – zwei Herren aus München –, da muß ich dabeisein.« Sie legte auf. Wie ich später erfuhr, war eine Dame am Apparat gewesen, die uns für eine Gratismitwirkung engagieren wollte. Nun gehören wir zu den meistbeschäftigten Gratismitwirkenden Wiens und sind auch immer gern dabei, sofern es sich um einen guten Zweck handelt. Diesmal wäre es ein Treffen von Maturantinnen gewesen. »Da hättest du zusagen sollen«, sagte ich vorwurfsvoll und sah im Geist eine Reihe hübscher Mädchen vor mir, die ich kennengelernt hätte. »Für junge Leute muß man etwas tun.«
»Jung?« ereiferte sich meine Frau. »Weißt du, wann sie die Matura gemacht haben? Neunzehnhundertzehn! Die Jüngste ist vierundachtzig Jahre alt!« Ich sagte nichts mehr und dankte den Herren aus München, daß sie meiner Frau rechtzeitig eingefallen waren. Von nun an wurden sie unsere beliebteste Ausrede.
Ich traf meinen Freund Joschi auf der Straße. »Weißt du es schon?« fragte er. »Mario wurde der Blinddarm operiert. Er würde sich freuen, wenn du ihn im Spital besuchen würdest.«
»Wie lange bleibt er dort?« erkundigte ich mich.
»Bis Dienstag.«
»Zu dumm!« ärgerte ich mich. »Heute ist Sonntag, und morgen und übermorgen habe ich Besuch. Zwei Herren aus München ... Du verstehst.« Wir gingen auseinander.
Ich traf Wimmer. »Warum sind Sie gestern nicht zur Bridgepartie gekommen? Wir haben auf Sie gewartet.«
»Leider! Ich hatte eine Besprechung. Zwei Herren aus München.« Er ging.
Am Taxistandplatz kein Taxi. Ein Herr kam auf mich zu. »Welch glücklicher Zufall, daß ich Sie treffe!« rief er. »Doktor Jochbein.

Meine Freunde und ich gründen einen Klub zur Unterstützung unterentwickelter Länder und möchten Sie einladen, Mitglied zu werden. Es wird sich natürlich noch hinziehen. Wir brauchen ein Lokal, Bewilligungen, Subventionen und so weiter.«
»Und wann werden Sie soweit sein?« fragte ich, unangenehm berührt. Ich bin schon bei so vielen Klubs Mitglied.
»Ich denke, in einem Jahr«, meinte Dr. Jochbein.
»In einem Jahr kann ich nicht«, sagte ich rasch, »da habe ich eine Besprechung. Zwei Herren aus München.«
Dr. Jochbein sah mich sonderbar an. »Entschuldigen Sie«, sagte er frostig und zog sich zurück. Die Herren aus München sind Goldes wert.
Im Lift begegnete ich Falk. »Könntest du es nicht möglich machen, am Samstag zu uns zu kommen? Meine Tante kommt aus Amerika.«
»Das wird schwer sein«, begann ich, aber Falk ließ mich nicht ausreden.
»Meine Frau«, sagte er, »würde dir zuliebe den Mohnstrudel machen, den du so gern hast.«
»Es wird schwer sein«, wiederholte ich und setzte rasch hinzu: »Aber ich werde kommen!«
»Fein!« freute er sich. »Ich habe nämlich mit deiner Gattin gesprochen, und sie hat gesagt, daß du am Samstag Besuch bekommst. Zwei Herren aus München.«
»Stimmt!« war ich gezwungen zu sagen. »Das hatte ich vergessen.«
Die Herren aus München begannen mir unsympathisch zu werden. Was wollten sie von mir? Mit welchem Recht brachten sie mich um meinen Mohnstrudel? Ich haßte sie. Und sie machten die Runde. Wir gaben eine Party. Von zwölf Freunden, die ich anrief, sagten sechs: »Leider! Ich bekomme Besuch. Zwei Herren aus München.« Ein glattes Plagiat, und ich konnte nichts dagegen unternehmen.
Eines Abends gingen wir ins Theater. Im Foyer trafen wir Buchfeld mit Frau und einer zweiten Dame. »Meine australische Nichte Abigail«, stellte er sie vor. Abigail war Witwe. Jung. Eine Schönheit. Rank, schlank, rotes Haar, grüne Augen. Die Frau meiner Träume. Ich mußte sie wiedersehen. Aber wann, wo, wie?
Nach einer Woche rief sie an. »Darf ich Sie und Ihre Frau zu einem Cocktail bitten?« klang es, wie von australischen Engelsstimmen gehallelujat, an mein Ohr. »Wir werden nur ein kleiner Kreis sein«, fügte sie hinzu.

Sie ahnte nicht, *wie* klein der Kreis sein wird. Meine Frau ist auf Tournee – ich gehe allein! Wie es bei Partys der Fall ist, wird sich der Kreis bald auflösen, und ich werde mit ihr zurückbleiben. Nur wir beide – Abigail und ich.
»Und wann?« fragte ich zitternd.
Sie lachte. Lachte? Ihr Lachen klang wie das Buhlen des Südwinds um die Liebesgunst eines Kristallusters. (Ich wollte nicht schreiben »Ihr Lachen klang silberhell«, aber vielleicht ist es doch besser.) Ihr Lachen klang silberhell.
»Also wann?« fragte ich nochmals.
»Ich bin eine Frau von raschen Entschlüssen«, hauchte sie sinnlich. »Wie wäre es mit – heute?«
Mir stieg das Blut zu Kopf. Aber auch ich bin ein Mensch von raschen Entschlüssen. Ich überdachte meine Lage und sagte mit fester Stimme: »Heute geht es leider nicht, heute habe ich eine Besprechung, heute kommen zwei Herren aus München.«
»Schade!« sagte sie kalt und legte den Hörer auf.
Warum ich die dumme Ausrede gebraucht habe? Ich wußte es genau. Erstens bin ich verheiratet. Zweitens war es mir klar, daß meine Frau sich kränken würde, wenn sie von meinem Besuch bei Abigail erführe. Und drittens? Drittens hatte ich wirklich eine Besprechung – mit den zwei Herren aus München.

Liebe Verwandte, liebe Freunde! Die vorstehende Geschichte ist von A bis Z erfunden. Solltet ihr mich also einmal, zwecks eines Rendezvous, anrufen und sollte ich sagen: »Ich habe eine Besprechung. Zwei Herren aus München!«, dann schwöre ich, daß die Herren aus München auch wirklich da sind.

Künstler sind Menschen, die in anderen Sphären leben. Womit nicht gesagt sein soll, daß es nicht auch eine Kunst ist, in unserer Sphäre zu leben. Das beweist ein

Spiel an der Grenze

Pottasch ist Künstler. Cellist. Ein großer, ein bedeutender Cellist. Man kann Pottasch ruhig als Virtuosen bezeichnen. Pottasch gibt Konzerte, er macht Tourneen, er ist weltbekannt, und das ist auch der Grund, weshalb ich ihn »Pottasch« nenne.
Sein wirklicher Name ist nämlich anders. Nicht »Anders« großgeschrieben, sondern »anders« kleingeschrieben.
Pottasch ist Sammler. Ein großer, ein bedeutender Sammler. Er sammelt Musikinstrumente, wie ein anderer Briefmarken oder Bierdeckel sammelt. Und er tauscht. Er tauscht einen Bösendorferflügel gegen zwei Steinwaypianinos, eine Stradivari gegen drei Amati, eine Flöte gegen vier Pikkolos. So geschah es, daß man ihm in München, nach einem Konzert, von einem Mann erzählte, der ebenfalls Instrumente sammelte. Er hieß Maibock und wohnte in Taufkirchen. Maibock sollte ein 1621 in Venedig von Giuliano Brunelli verfertigtes Cello besitzen, wie es in der Welt kein zweites gab. Pottasch geriet außer sich. Er mußte dieses Cello sehen, mußte es zwischen den Knien halten und mußte – wenn auch nur ein einziges Mal – mit dem Bogen über die Saiten streichen.
Er suchte den Mann auf. Maibock fühlte sich sehr geehrt, als der große Pottasch sein Haus betrat. Mit Freuden zeigte er ihm das Cello. Pottasch sah es, nahm es zwischen die Knie, strich mit dem Bogen über die Saiten – strich, strich und hörte nicht auf zu streichen. Das war kein Celloton, der da aus dem Instrument kam – das war eine menschliche Stimme. Und was für eine Stimme! Der edelste Bariton hatte kein solches Timbre. Pottasch mußte das Cello besitzen. Maibock weigerte sich entschieden, sich von der Krone seiner Sammlung zu trennen. Es gab keine Summe, die ihn dazu veranlassen könnte. Es gab eine. Pottasch bot sie und bekam das Cello. Als er nach seinen Münchner Konzerten zurück nach Wien fuhr, lehnte er das kostbare Stück behutsam gegen die Sitze im Fond

seines Wagens und fuhr dahin, sachte, sachte, damit seinem Cello nur ja nichts geschehe. Er kam an die Grenze.
»Was zu verzollen?« fragte der österreichische Zollbeamte. Der bayrische war mit einem anderen Wagen beschäftigt und hatte Pottasch ein Zeichen gegeben, weiterzufahren.
»Nichts«, antwortete Pottasch.
»Was haben Sie da im Wagen?«
»Ein Cello.«
»Neu?«
»Alt. Dreihundertfünfzig Jahre«, fügte er stolz hinzu.
»Was?! Hast ghört, Karl?« rief der Beamte seinem bayrischen Kollegen zu. »Der Herr hat ein dreihundertfünfzig Jahre altes Cello im Wagen!«
Der Bayer kam näher. »Das is ja nachher eine Antiquität«, stellte er fest. »Haben Sie eine Ausfuhrgenehmigung dabei?«
»Nein ...«
»Dann bleibt es da, das Cello, bis Sie sich eine solche besorgt haben. Geben Sie's heraus.«
»Moment!« schrie Pottasch ängstlich auf, als der bayrische Zollbeamte die Wagentür öffnete und das Cello herausnehmen wollte.
»Hören S'«, sagte der Österreicher, »Ihre Angst kommt mir verdächtig vor. Haben Sie vielleicht eine Bombe in dem Kasten? Oder ein MG?«
»Oder an kloan Terroristen?« fragte der Bayer.
»Nein, meine Herren! Es ist ein Cello!«
»Dann aussi mit der Kisten! Machen Sie s' auf!«
Pottasch stieg aus dem Wagen. Zart, mit zitternden Händen, nahm er den Kasten heraus, legte ihn auf den Boden und öffnete ihn.
Der Bayer ging um das Instrument herum, betrachtete es von allen Seiten und konstatierte dann fachmännisch: »Das is ein Cello. Haben Sie vielleicht etwas drin in dem Cello, was Sie schmuggeln wollen?«
»Nein!« beteuerte Pottasch.
»Nemmas auseinander!« meinte der Österreicher.
»Um Gottes willen!« flehte Pottasch. »Sie kennen den Wert dieses Cellos nicht!« Er nannte die Summe. Die Zöllner zuckten zusammen.
»Wollen Sie uns zum Narren halten?« fragte der Österreicher drohend. »Wissen Sie, was Sie da Zoll zahlen müssen?«
»Wart a bißl«, mischte sich der Bayer ein, »zerscht muß die Ausfuhrgenehmigung her. Die is auch nicht umsunst.«
»Ich besorge alles, ich bezahle alles!« beschwor Pottasch die beiden.

»Nur berühren Sie, bitte, das Instrument nicht. Es ist einzigartig! Man wird mir alles genehmigen und alles ermäßigen, weil ich es für meinen Beruf brauche! Ich bin Künstler!« Er wandte sich an den Österreicher. »Haben Sie niemals den Namen ›Pottasch‹ gehört?«
»Ah ja!« meinte der Österreicher respektvoll.
Der Bayer wunderte sich. »Wann denn?« fragte er.
»Jetzt grad«, sagte der Österreicher, »von dem Herrn da!« Alle lachten, auch die Leute, die sich inzwischen angesammelt hatten.
Nur Pottasch lachte nicht. Er fürchtete um sein Cello.
»Bevor daß Sie um eine Ausfuhrgenehmigung sowie um eine Zollermäßigung einkommen«, machte der Bayer sich wichtig, »beweisen Sie uns zuerscht, daß Sie wirklich ein Cellospieler sind.«
»Sehr richtig!« stimmte ihm sein österreichischer Kollege bei. »Ferdl!« rief er in das Zollamtshäuschen. »Bring an Sessel – der Herr gibt uns ein Konzert!«
Ferdl brachte den Stuhl. Pottasch setzte sich, nahm den Hut von seinem schwitzenden Haupt – das Thermometer zeigte 30 Grad im Schatten – und legte ihn neben sich auf den Boden. Immer mehr Menschen sammelten sich an. Pottasch nahm das Cello zwischen seine Knie, schloß die Augen, um sich zu konzentrieren, und begann zu spielen. Er spielte sein Lieblingsstück – die »Träumerei« von Schumann. Zaubertöne entströmten dem Instrument. Pottasch vergaß die Grenze, vergaß die Zollbeamten – er spielte. Er blickte zum Himmel, er sah hinter den Wolken die göttlichen Heerscharen, kleine Englein sangen Halleluja, zarte Glöcklein bimmelten – klingelingeling, klingelingeling –, und wieder schloß er die Augen, bis der letzte Ton verklungen war. Was war das? Kein Applaus? Er erwachte aus seinem Trancezustand, er sah die Grenze, die Zöllner, die Passanten, die sich langsam verliefen. Und er sah seinen Hut, den er, mit der Krempe nach oben, neben sich auf den Boden gestellt hatte. Er war bis oben voll mit Zehngroschen- und Zehnpfennigstücken. Das war das Klingeling gewesen, das er gehört hatte.
Pottasch mußte trotz allem sein Cello an der bayrischen Grenze zurücklassen. Nach einiger Zeit bekam er es mit der bayrischen Ausfuhrgenehmigung sowie mit der österreichischen Zollermäßigung wieder.
Nur *eine* Buße mußte er auf sich nehmen: eine Steuervorschreibung plus Strafzuschlag vom österreichischen Finanzamt wegen Nichterklärung seiner Einkünfte aus einem Freilichtkonzert an der österreichisch-bayrischen Grenze. Klingelingeling!

Wir Menschen von heute sind mit Medikamenten versorgt, und doch bringt die chemische Industrie fast täglich neue auf den Markt. Mein Arzt hat vor kurzem eine Pille zusammengesetzt, für die es noch gar keine Krankheit gibt. Aber:

Des Menschen Pille ist sein Himmelreich

»Herr Walter und Frau Hermine Goldmann bitten zum Abendessen« – also gingen wir hin. Wir trafen Robinsons, Wimmers, Pfandls und Knolls. Das Essen war gut – Champignoncreme, gebratene Ente mit Kartoffeln, Reis und gemischten Salat, Käse und Mokka. Nach dem Essen zogen sich die Herren in das Raucherzimmer zurück, die Damen in den Salon.

Der Hausherr wurde zum Telefon gerufen. Robinson nützte den Augenblick. Er verzog das Gesicht. »Die Ente war ein bißchen schwer«, sagte er und schluckte zwei rote Pillen.

»Was nehmen Sie da?« fragte Pfandl. »Wer hat Ihnen diese Pillen verschrieben?«

»Dr. Merzenberger. Warum?«

»Weil man die nicht mehr nimmt. Die da müssen Sie nehmen.« Er zeigte zwei grüne Pillen und steckte sie in den Mund.

»Die nehme ich nicht«, sagte Robinson. »Ich hasse Grün.«

»Außerdem können sie schädlich sein«, mischte sich nun Wimmer ins Gespräch. »Schwangere Frauen zum Beispiel dürfen sie überhaupt nicht nehmen.«

»Bin ich eine schwangere Frau?« regte Pfandl sich auf. »Mir helfen sie, und das ist die Hauptsache.«

»Und haben Sie niemals Kopfschmerzen?«

»Kopfschmerzen habe ich täglich. Da nehme ich ein Aspirin.«

»Aspirin?« Wimmer schlug die Hände zusammen. »Wissen Sie, wie ungesund das ist?«

»Was soll ich tun?« fragte Pfandl.

»Die grünen Pillen sollen Sie aufgeben. Lesen Sie denn die Beschreibungen nicht, die in den Medikamentenpackungen liegen? Da steht klar und deutlich: Kontraindikation – kann Kopfschmerzen auslö-

sen. Und Gott weiß, was noch.«
»Was, zum Beispiel?« Pfandl wurde blaß.
»Wie soll ich das wissen? Bin ich Gott?« fragte Wimmer. »Es ist nun einmal so, daß jedes gute Mittel schlechte Nebenwirkungen haben kann.«
»Da haben Sie recht«, pflichtete Robinson ihm bei. »Ich nehme zwei von den roten Pillen – der Druck auf dem Magen ist weg – aber die Knie beginnen zu zittern.«
»Das ist der Blutdruck«, meinte Pfandl. »Zu niedrig. Da müssen Sie nach den roten Pillen diese da nehmen.« Er zeigte zwei gelbe Pillen.
»Da zittern die Knie nicht?« fragte Robinson.
»Nein. Da bekommt man höchstens Flimmern vor den Augen.«
Robinson schüttelte den Kopf. »Da zittere ich lieber mit den Knien.«
Knoll, der, wie ich, bisher an dem Gespräch nicht teilgenommen hatte, nahm eben zwei braune Pillen und steckte sie in den Mund.
»Was ist *das*?« fragten die andern drei neugierig.
»Das ist ein homöopathisches Mittel, ohne jeden chemischen Zusatz, aus reinen Pflanzen hergestellt. Mein Arzt ist nämlich Homöopath«, setzte er etwas affektiert hinzu.
»Was ist das genau – die Homöopathie?« fragte Pfandl.
»Das kann ich Ihnen sagen. Ich habe es aus dem Lexikon auswendig gelernt, weil mich so viele Ignoranten danach fragen: Homöopathie ist die Krankheitsbehandlung nach dem Grundsatz, daß jede Krankheit mit kleinen Dosen von Arzneimitteln zu heilen sei, die in großen Dosen bei Gesunden Krankheitserscheinungen hervorrufen, die denen der zu heilenden Krankheit ähnlich sind.«
»Das ist eine Erklärung, die ich nicht verstehe«, gab Wimmer zu.
»Mich macht sie nervös«, meinte Robinson und schluckte schnell zwei weiße Pillen. »Ich war immer der Meinung, daß ein Homöopath ein Naturheiler ist.«
»Aber wo!« lachte Knoll. »Wenn es Sie aber interessiert – ich war auch schon bei einem Naturheiler.«
»Was hat der gemacht?«
»Luftbäder. Ob Herz, Magen, Leber – immer nur Luftbäder.«
»Sind diese Luftbäder auch gut für Rheuma?« fragte Pfandl. »Sehr gut«, entgegnete Knoll. »Ich habe meines davon bekommen.«
Alle lachten.
»Zeigen Sie mir einmal Ihre Pillen«, bat Robinson.
»Welche? Die braunen?«
»Haben Sie noch andere?«

Knoll zog eine goldene Dose aus der Tasche und öffnete sie. Drinnen sah es aus wie in einer Hausapotheke. Da gab es schwarze Pillen, blaue Pillen, rosa Pillen, graue Pillen, lila Pillen, tizianrote Pillen und so weiter.
»Was ist *das* für eine?« fragte Robinson fast neidisch und zeigte auf das Schmuckstück der Sammlung. Es war eine Pille, die halb blau, halb weiß war.
»Die ist zur Beruhigung«, antwortete Knoll stolz.
»Und die hat keine Kontraindikationen?« fragte ich.
»Bei homöopathischen Mitteln gibt es keine Kontraindikationen«, meinte Knoll und sah mich mitleidig an. »Bitte«, gab er nach kurzer Pause zu, »die Zunge schwillt manchmal an.«
»Was machen Sie da?«
»Ich nehme zwei von den lila Pillen, da schwillt sie wieder ab. Allerdings kann man dann nachts nicht schlafen, aber gegen Schlaflosigkeit habe ich hier diese rosa Pillen.«
»So etwas könnte *ich* brauchen«, seufzte Robinson.
»Warum? Leiden Sie an Schlaflosigkeit?«
»Leiden ist gar kein Ausdruck. Ich wälze mich die ganze Nacht im Bett hin und her.«
»Das verstehe ich nicht«, sagte Wimmer. »Wenn ich nicht schlafen kann, trinke ich jede halbe Stunde einen Whisky.«
»Dann kann man schlafen?« erkundigte sich Robinson sofort.
»Schlafen kann man nicht, aber die Nacht vergeht schneller.« Alle lachten, außer Robinson. Robinson ärgerte sich.
»Würden Sie mir so eine rosa Pille überlassen?« wandte er sich an Knoll.
»Aber bitte! Wenn sich die andern Herren auch bedienen wollen?« Er hielt uns die Pillendose entgegen wie eine Zigarettentabatiere. Ich wählte eine von den blau-weißen.
Robinson hatte seine rosa Pille geschluckt. »Nützt auch nichts«, jammerte er. »Ich fühle überhaupt keine Müdigkeit.« »So schnell kann doch das nicht wirken«, meinte Knoll. »Und überhaupt – wenn Sie an Schlaflosigkeit leiden, warum verschreibt Ihnen Dr. Merzenberger kein Schlafmittel?«
»Ich gehe nicht mehr zu ihm. Ein Arzt, der sich über meinen Zustand lustig macht, ist kein Arzt für mich. Das letztemal untersucht er mich und sagt: ›Für einen Neunzigjährigen sind Sie gut beisammen – der Fehler ist, daß Sie erst fünfzig sind.‹« Alle lachten, außer Robinson. Robinson ärgerte sich. »Ich esse zuviel«, gab er zu. »Zuviel und zu schwer. Ein paar Kilo weniger – und alles wäre in Ordnung. Aber ich kann nicht fasten.«

»Ich hätte eine Diät für dich«, witzelte ich. »Da kannst du frühstükken, Mittag essen und Abend essen.«
»Und zwar?« fragte Robinson gespannt.
»Frühstücken am Sonntag, Mittag essen am Dienstag und Abend essen am Freitag!« Alle lachten, außer Robinson. Robinson ärgerte sich.
»Den Witz habe ich gestern in der Zeitung gelesen«, brummte er. Alle lachten, außer mir. Ich ärgerte mich.
»Dürfte ich noch eine von den blau-weißen Pillen nehmen?« fragte ich Knoll.
»Aber bitte!« sagte er. »Auch zwei oder drei.« Ich nahm vier und schluckte sie sofort hinunter.
Pfandl begann sich zu kratzen. Er hatte eine schwarze Pille genommen, die, wie ich später hörte, gegen Ohrensausen war und die als Kontraindikation starkes Jucken hervorruft. Er hätte sofort eine von den smaragdgrünen nehmen müssen, auf die man, als Kontraindikation, steife Zehen bekommen kann. Nimmt man eine graue Pille, lockern sich die Zehen, aber man bekommt, als Kontraindikation, Rückenschmerzen.
Inzwischen war der Hausherr zurückgekommen. Er hatte nur Fetzen unseres Gespräches gehört.
»Was Sie da von Kontraindikationen behaupten«, sagte er, »das glaube ich nicht.«
Ich gab ihm recht. »Ich glaube es auch nicht«, sagte ich.

Ich dachte noch acht Tage an diesen Abend – dann begann meine Zunge langsam abzuschwellen.

Wir alle haben unsere Pflichten, Gott und den Menschen gegenüber. Die höchste aller Pflichten aber ist:

Die Pflicht des Steuerzahlers

Burger ist ein Mensch mit Prinzipien. Wenn er seine Schulden nicht pünktlich bezahlen kann, bezahlt er sie lieber gar nicht. Burger macht sich nichts aus Geld. Burger sagt: Geld ist nicht alles – aber wenn man es von manchen Menschen abzieht, bleibt nichts übrig. Burger hat Familie. Eine Frau und zwei Söhne. Die Frau heißt Martha, der jüngere Sohn Paul, der ältere Hermann. Paul bezeichnet Hermann immer als entfernten Verwandten, weil zwischen ihm und seinem Bruder noch vier Schwestern liegen. Eva, Greta, Hertha, Irma. Insgesamt also sechs. Sechs Kinder mit dem Wunsch nach Essen, dem Verlangen nach Kleidung und dem Drang, in die Höhe zu schießen. Und Burger läßt den Seinen nichts abgehen. Er nährt und kleidet sie und legt auch ihrem Wachstum nichts in den Weg.
Eines Tages, gegen Mittag – in der Bratpfanne brutzelt eine Gans –, läutet es an der Tür. Burger, immer gewärtig, von einem Gläubiger aufgesucht zu werden, gebietet den Kindern Ruhe und schleicht sich, die Wand entlang, bis zum Eingang. Dort blickt er durch den Spion, einem Guckloch, durch das man von drinnen hinaus-, aber von draußen nicht hineinsehen kann. Er fährt zurück und kommandiert mit leiser Stimme: »Alles herhören! Alarmstufe drei! Steuerexekutor!« Was nun folgt, gleicht einem Film aus Chaplins Jugendjahren, der mit der größten Geschwindigkeit abgerollt wird. Martha nimmt die Gans aus dem Bratrohr, schiebt sie unters Bett, die Kinder tauschen ihre neuen Kleider gegen alte, und Jonathan, der Hund, den ich eingangs zu erwähnen vergaß, jault, als ob er seit Tagen nichts zu fressen bekommen hätte. Martha, Kinder und Jonathan beziehen Stellung in der Küche, Burger überblickt – wie der so oft zitierte Feldherr vor der Schlacht – noch einmal das Terrain, dann geht er zur Tür und öffnet sie.
Der Mann, der draußen steht, zieht einen Ausweis aus der Tasche: »Steuerexekution.«
»Oh!« begrüßt Burger ihn liebenswürdig. »Kommen Sie doch weiter!«

Der Exekutor tritt ein, blickt sich um.
»Nehmen Sie Platz!« sagt Burger. »Was verschafft mir das Vergnügen?«
»Vergnügen?« lacht der Beamte. »Ich komme, um Sie zu pfänden.«
»Das weiß ich«, sagt Burger, »trotzdem bereitet mir Ihr Besuch Vergnügen. Sie tun Ihre Pflicht, und ich schätze solche Menschen.«
»Kommen wir zur Sache«, unterbricht ihn der Exekutor. »Sie sind seit sechs Jahren mit Ihren Steuern im Verzug.«
Burger staunt. »Seit sechs Jahren? Nicht länger?«
»Es sind sieben, wovon aber das letzte erst im nächsten Quartal fällig ist. Heute handelt es sich um die abgelaufene Frist von sechs Jahren.« Er nimmt einen Akt aus seiner Tasche, legt diese auf das Sofa, wirft einen Blick auf das Blatt und sagt: »Sie schulden dem Finanzamt einen Betrag von öS 237 252,– plus Verzugszinsen von öS 3 287,– plus Spesen von öS 2 545 und 86 Groschen – das sind insgesamt öS 243 084,86.«
»Einen ähnlichen Betrag habe ich mir vorgestellt. Wieviel davon habe ich sofort zu bezahlen?«
»Da Sie auf keine unserer Mahnungen reagiert haben – das Ganze.«
»Hm«, macht Burger. »Und wenn ich reagiert hätte?«
»Dann hätte es bestimmt einen Modus gegeben, um die Schuld in Raten abtragen zu können.«
»Dazu ist es jetzt zu spät?«
»Ja.« Der Beamte reibt sich sadistisch die Hände.
»Dann kann ich nur sagen: mea culpa«, lächelt Burger verbindlich. »Wie hoch, sagten Sie, ist die Summe?«
»243 084,86.« Die Zahl zergeht dem Beamten genüßlich auf der Zunge.
»Einen Augenblick.« Burger erhebt sich, ruft in die Küche: »Martha, Kinder – kommt herein!« Martha und die Kinder erscheinen, Jonathan folgt.
Burger wendet sich an den Exekutor: »Erlauben Sie, daß ich Ihnen meine Familie vorstelle.« Und zu den Kindern: »Der ehrenwerte Herr, den ihr hier seht, ist ein Steuerexekutor, ein Vertreter des Finanzamtes. Zeigt ihm, wie schön ihr grüßen könnt.« Die Mädchen knicksen, die Buben verbeugen sich. »Der Herr ist gekommen, um eine größere Summe zu kassieren, ihr dürft ihm deshalb nicht böse sein – er kassiert sie nicht für sich, sondern für den Staat. Jede Regierung braucht Geld, liebe Kinder, das müßt ihr euch merken,

und das Finanzamt ist die Stelle, die die Verbindung zwischen Bürger und Staat herstellt. Habt ihr das verstanden?«
»Ja, Papa!« rufen die Kinder wie aus einem Mund.
Burger setzt fort. »Die Regierung muß Straßen bauen, Schulen und Spitäler erhalten, sie muß Subventionen geben, sie hat große Defizite bei Bahn und Post, bei Altersheimen und Bundestheatern, sie muß Staatsbesuche empfangen, muß sie erwidern und so weiter. Begreift ihr das?«
»Ja, Papa!« rufen die Kinder wieder.
Burger wendet sich an den Beamten. »Wie gefallen Ihnen meine Sprößlinge?«
»Sehr gut«, sagt der Exekutor nervös. »Leider – ich habe wenig Zeit ...«
»Nur noch einen Moment!« bittet Burger. Und wieder zu den Kindern: »Für all das muß der Bürger Steuer zahlen. Das ist Pflicht – und diese Pflicht hat euer Vater vernachlässigt. Deshalb ist dieser nette, liebenswürdige Onkel – Sie erlauben doch?« fragt er den Beamten.
»Bitte, bitte«, sagt dieser gereizt.
Burger setzt fort: »Dieser nette, liebenswürdige Onkel ist gekommen, um euren Vater an dieses Versäumnis zu erinnern. Sagt ›Danke schön!‹«
»Danke schön!« rufen die Kinder.
Der Beamte wird ungeduldig. »Ziehen Sie keine Schau ab, und machen Sie Schluß!« drängt er. »Ich habe noch drei Besuche zu erledigen.«
Burger blickt ihn bitter lächelnd an. »Ich *mache* Schluß« meint er. Dann gibt er sich einen Ruck. »Kinder«, sagt er, »stellt euch hintereinander auf – Martha, du öffnest das Fenster – Paul, du springst als erster hinunter.«
Der Exekutor erschrickt. »*Was* sagen Sie da?« fragt er.
»Ich sage den Kindern, daß sie aus dem Fenster springen sollen. Eines nach dem andern. Meine Frau und ich machen den Schluß. Für den Hund wird sich hoffentlich jemand finden, der ihn nimmt.«
Paul war inzwischen auf das Fensterbrett geklettert.
Der Beamte wird bleich. »Ja, aber – warum denn?« stammelt er. »Sie wohnen doch im sechsten Stock! Das ist doch lebensgefährlich!«
»Ich weiß es«, sagt Burger mit müdem Lächeln, während Martha zu schluchzen beginnt. »Ich habe den Betrag nicht, den ich dem Staat schulde. Ich habe überhaupt keinen Betrag. Sie werden sagen, daß ich die Summe, von der das Finanzamt eine Kleinigkeit für sich abzweigt, eingenommen habe. Das stimmt – aber ich besitze sie

nicht mehr. Wissen Sie, wieviel Geld man benötigt, um sechs Kinder aufzuziehen. Um sie *so* aufzuziehen, daß sie brave Staatsbürger werden?« Burger weint. Der Beamte drängt die aufsteigenden Tränen zurück.
»Das ist doch kein Grund, daß Sie die Kinder ...« Er kann nicht weiter, er beginnt ebenfalls zu weinen. Martha, die Kinder und Jonathan stimmen mit ein.
»Regen Sie sich nicht auf, guter Mann«, tröstet Burger den Exekutor. »Sie können ja nichts dafür. Sie *müssen* mich pfänden. Es ist Ihr Beruf.«
»Ich habe ja nicht gewußt ...«, sagt der Beamte mit tränenerstickter Stimme.
»Das weiß niemand«, wimmert Burger, »weil wir es vor der Welt verbergen.« Er wischt sich die Augen aus. »Seit vorgestern essen wir nur noch trockenes Brot. Morgen werden wir vielleicht nicht einmal *das* haben. Dessentwegen brauchen wir uns nicht zu schämen. Aber daß ihr Vater seine Steuern nicht bezahlt« – er heult laut auf –, »diese Schande möchte ich den Kindern ersparen. Spring, Paul!«
Paul setzt an.
»Halt!« ruft der Exekutor, und die Zähren laufen ihm über die Wangen. »Ich bin doch kein Unmensch! Ich habe ja selbst Kinder! Ich werde die Forderung, die das Finanzamt an Sie stellt, ganz unten unter die Akten legen. Bis der zuständige Referent wieder drauf stößt, können Jahre vergehen. Komm vom Fenster herunter, Kleiner! Ich gratuliere euch zu eurem Vater! Sie sind ein Mann, Herr Burger, auf den das Vaterland stolz sein kann! Wenn es einem Menschen gelingt, seinen Kindern, in diesem Elend, eine solche Erziehung angedeihen zu lassen – dann kann man nur sagen: Alle Achtung! Leben Sie wohl« – er schwimmt in Tränen –, »und verzeihen Sie mir!« Damit entfernt er sich – er, der so stolz gekommen war –, geknickt und beschämt.
Burger wartet, bis seine Schritte verklungen sind, dann sagt er: »Und jetzt kommt essen! Martha – die Gans!«
Die Frau bringt den Braten, die Familie setzt sich zum Tisch, alle speisen mit größtem Appetit, stolz auf die eben vollbrachte Leistung – da läutet es an der Tür. Burger öffnet – es ist der Exekutor. Er hat seine Tasche auf dem Sofa vergessen.

Mahlzeit!

Konzerne befähigen den Menschen, alles in eine Hand zu bekommen, außer die andern Konzerne.

Die Riesenfirma

Die Geschichte trug sich im Westen zu.
Leibowitz suchte eine Stellung. Er wurde Verkäufer in einem Textilgeschäft. Bald darauf gelang es ihm, seine Frau Barbara im selben Geschäft als Kassiererin unterzubringen. Es war ein kleines, ein gemütliches Geschäft. Aber es blieb nicht so. Das Geschäft wurde vergrößert – nach links, nach rechts, nach vorne und hinten. Man brauchte Magazine und nahm einige Stockwerke dazu. Das Geschäft florierte. Man fusionierte sich mit andern Textilfirmen, man benötigte Rohstoffe, also baute man Textilfabriken und übernahm Maschinenfabriken, die die Maschinen für die Textilfabriken herstellten. Man gründete einen Konzern. Man beschäftigte Direktoren, Ingenieure, Zeichner, Werkmeister, Büroangestellte, Arbeiter und Arbeiterinnen. Eine Computerzentrale berechnete die Löhne und Gehälter, die am Monatsende auszuzahlen waren. Aber es war nicht genug. Immer neue Sparten schlossen sich in dem Konzern zusammen. Elektrofabriken, Stahlindustrien, Hoch- und Tiefbaugesellschaften, Auto- und Flugzeugwerke, Manager-Services, Import- und Exportgeschäfte. Neue Abteilungen wurden dran- und drübergebaut, die Kompetenzen immer weiter aufgeteilt, und schließlich wußten nicht einmal die höchsten Firmenmitglieder, wo die Fäden eigentlich zusammenliefen. Irgendwo mußten sie aber zusammenlaufen, denn die Firma wuchs und wuchs und erschloß immer neue Märkte. Werbebüros, Hotelketten und Sporthallen wurden geschaffen. Barbara wurde in eine andere Abteilung versetzt, und Leibowitz fand sie nie mehr wieder. Er fuhr in höhere Stockwerke, um sie zu suchen. Rolltreppen fuhren ihn hinauf und hinunter, Expreßlifte brachten ihn in andere Häuser, er fand Bezeichnungen, die er nicht verstand, Menschen, die keine Zeit hatten und die auch keine Auskunft geben konnten. Von Zeit zu Zeit tönte es durch einen Lautsprecher: »Herr Gloggnitzer zum Telefon!«, aber wer war Herr Gloggnitzer? Niemand kannte ihn. Es wußte auch niemand, ob es jemals in der Firma einen Herrn

Gloggnitzer gegeben hat oder nicht. Leibowitz war glücklich, als ihn ein Bernhardiner, der die Verirrten zusammensuchte, in die eigene Abteilung zurückbrachte.
Und es ging weiter: Wohnanlagen, Banken und Kreditinstitute wurden gegründet. Schiffswerften, Öltürme, Mondsonden wurden gebaut. Die Firma hatte ein Plus: sie war umweltfreundlich. In ihren Druckereien wurden aufklärende Broschüren für den Umweltschutz gedruckt und kostenlos verteilt. Sie finanzierte Forschungsprogramme zur Erhaltung der Biosphäre und errichtete ihre eigenen Anlagen nach den letzten Erkenntnissen der Humansoziologie. Für den Umweltschutz war ihr nichts zu teuer. Um die Umwelt zu schützen, wurden Häuser zertrümmert, Berge gesprengt, Straßen verschüttet, Flüsse reguliert, Wasserfälle umgeleitet. Das Trinkwasser, das auf der einen Seite geklärt wurde,

wurde auf der andern verschmutzt, die Maschinen, die die Luft von Auspuffgasen reinigen sollten, pufften selbst welche aus, das Wetter wurde verändert, in der Sahara fiel Schnee, in Sibirien brannte die Sonne. Transportgesellschaften wurden gegründet, die die Kamele nach Sibirien und die Eisbären in die Sahara brachten.
Und weiter ging's, immer weiter. Wissenschaftler entdeckten neue Nährstoffe im Innern der Erde. Sie machten Butter aus Kohle und Brot aus Teer.
Da, eines Tages, ertönte der Schreckensruf: »Hilfe! Unsere Firma kommt aus dem Osten!« Und wirklich! Man sah, wie ganze Wälder umgelegt, Dörfer geschleift und Wiesen und Felder umgewühlt wurden. Hochhäuser erschienen, die in den Himmel schossen, Werkshallen, die sich ausbreiteten, Lagerhäuser, die sich türmten – und alles das wälzte sich unaufhaltsam auf die eigene Firma zu. Man sah Männer, die im Westen in der Firma keine Karriere gemacht hatten, in der Ferne auf hohen Sesseln von Osten daherkommen.
In den Bürohäusern wurden Konferenzen einberufen, die Verantwortlichen zerbrachen sich die Köpfe, die Computergehirne rauchten – niemand wußte, wie man der drohenden Entwicklung Einhalt gebieten könnte. Sofortmaßnahmen wurden durchventiliert, Entscheidungsprozesse angekurbelt, Lösungsvorschläge geprüft, Expertengutachten eingeholt – umsonst, die eigene Firma kam immer näher, sie brauste, über die Dächer des Konzerns hinweg, weiter nach dem Westen. Die Entwicklung war einfach nicht mehr aufzuhalten gewesen.
Sie finden, daß die Geschichte eine Moral haben müßte? Vielleicht diese:
Die Firma hatte unter anderm auch Waffen erzeugt. Atombomben, Atomunterseeboote, Raketen mit Atomsprengköpfen, Atombodenraketen, Atomluftraketen usw. Eines Tages spielte das vierjährige Söhnchen des Generaldirektors in der Abteilung für atomare Explosivstoffe. Der Kleine fand eine Zündholzschachtel, er entzündete ein Streichholz – und die Firma und der Erdball flogen in die Luft.
Nur ein paar hundert Menschen blieben übrig. Männer und Frauen. Einer der Männer – ein Politiker – gründete eine Partei. Ein zweiter – ein Architekt – ließ sich einschreiben und bekam, nebst einem Parteibuch, den Auftrag, die Pläne für den Bau einer neuen Welt zu zeichnen, und ein dritter – es war Leibowitz – eröffnete ein kleines Textilwarengeschäft.
Da war aber noch einer – ein Franzose. Der sagte nichts weiter als: »C'est la vie!«

Es gibt Wissende, es gibt Besserwissende, und es gibt Allesbesserwissende. Zu den letzteren gehört TV-Regisseur Zebisch. Er weiß alles, er kennt alles, er hat alles schon einmal inszeniert. Spricht man mit ihm, muß man ihn bewundern, verehren, bedauern. Er weiß nämlich nichts, er kennt nichts, und er hat noch sehr wenig inszeniert. Sitzt ihm aber ein Laie gegenüber, muß dieser sich denken:

Ein Genie

Wichtige Besprechungen werden bei uns in Wien telefonisch abgehalten, wichtigere im Büro. Zebisch und ich hatten eine ganz wichtige Besprechung – also trafen wir uns im Kaffeehaus. Ich sollte ihm einen Sketch vorlesen, dessen Inszenierung er übernommen hatte.
»Also?« begann er. »Der Titel?«
»Habe ich noch nicht.«
»Doch.«
»Wieso?«
»Weil er mir eben eingefallen ist: ›Spiel ohne Titel.‹ Wie gefällt er Ihnen?«
»Sehr gut. Ich finde ihn genial, nur –«
»Was nur?« Er wurde ungnädig.
»Er paßt nicht zu dem Stoff.«
»Mumpitz!« (Mumpitz ist einer seiner Lieblingsausdrücke. Es heißt soviel wie ›Unsinn‹, ›Lächerlich‹ oder ›Sie haben keine Ahnung!‹ Es konnte aber ebensogut heißen: ›Wundervoll‹, ›Fabelhaft‹, ›Das wird ein Knüller!‹ Das hatte folgenden Vorteil: Fällt die Sache durch, sagt er eingebildet: ›Ich habe gleich gesagt Mumpitz!‹ Wird sie ein Erfolg, sagt er begeistert: ›Ich habe gleich gesagt – *Mumpitz*!‹ Es kam nur auf die Betonung an.) »Stellen Sie sich das im Programm vor«, sprach er weiter: »›Spiel ohne Titel.‹ Das wirkt intellektuell, progressiv, hintergründig.«
»Das ist es eben«, wagte ich zu entgegnen. »Der Titel wäre zu anspruchsvoll. Es handelt sich doch, wie Sie wissen, bloß um eine 10-Minuten-Szene, eine Art Doppelconférence.«
»Na gut – schießen Sie los.« Er war beleidigt.
Ich begann: »Die Szene spielt in einem Kaffeehaus –«

»Kenne ich«, unterbrach er mich.
»Was?«
»Kaffeehaus. Haben wir schon hundertmal gehabt.«
»Aber, Herr Zebisch«, wunderte ich mich, »Sketches, die im Kaffeehaus spielen, wird man immer wieder haben ...«
»Nicht bei mir. Das nimmt man uns nicht mehr ab. Ich werde den Schauplatz in eine Studentenbude verlegen. Junge Menschen, vom Rauschgift gezeichnet, liegen herum. Sie werden mit dem Leben nicht fertig. Das ist zeitnah. Das geht unter die Haut.«
»Herr Zebisch«, sagte ich wieder, diesmal bereits etwas ängstlich, weil ich für meinen Sketch fürchtete. »Das lenkt vom Inhalt ab. Es handelt sich doch bloß um einen Dialog zwischen zwei Komikern, der eine ist der Gescheite, der andere der Blöde ...«
»Kenne ich.«
»Was?«
»Gescheite, Blöde. Alte Klamotte.«
»Ich habe es erst gestern geschrieben.«
Er seufzte. In diesem Seufzer lag das ganze Leid seines Metiers, wie: Wozu sitze ich hier herum? Wozu höre ich mir das an? Mach dir keine Hoffnung, daß du das jemals auf einem Bildschirm siehst.
Ich las weiter: »Rott und Jorisch sitzen an einem Tisch.«
»Kenne ich.«
»Was?«
»Tisch.«
»Aber Rott und Jorisch *müssen* an einem Tisch sitzen ...«
»Wer sind Rott und Jorisch?«
»Die Komiker.«
»Ich habe schon mit allen Großen gearbeitet – von Rott und Jorisch habe ich nie gehört.«
»Rott und Jorisch heißen sie im Sketch«, machte ich ihm klar.
»Schlecht. Wo ist die Aussage? Was steckt dahinter? Wir müssen in medias res gehen. Müssen mit voller Kraft anfangen. Das Publikum will nicht nachdenken. Wir nennen die beiden Klug und Dumm. Das ist optimal – da weiß man sofort, wie man dran ist. Nestroy hätte die beiden auch so genannt.«
»Nestroy vielleicht«, gab ich verzweifelt zu, »aber ich bin kein Nestroy. Mein Dialog ist ein anderer.«
»Lesen Sie.«
»Klug und Dumm«, weinte ich, »sitzen an einem Tisch.«
»Das heißt, sie tun so, als ob sie sitzen würden.«
»Wieso?«
»Shakespearebühne. Die beiden sitzen, haben aber keine Stühle.

Anstatt des Tisches hänge ich eine Tafel hin: ›Tisch‹. Das ist interessant, das ist niveauvoll, da braucht man sich nachher nicht zu schämen, daß man gelacht hat. Ich beginne mich mit der Sache zu befreunden. Lesen Sie weiter.«

»Der Ober kommt.«

»Das habe ich befürchtet.«

»Was?«

»Daß der Ober kommt.«

»Herr Zebisch, in jedem Kaffeehaus kommt der Ober. Der Ober kommt und fragt Herrn Klug: ›Was wünschen Sie?‹«

»Mumpitz!«

»Herr Zebisch«, sagte ich schwach, »der Ober *muß* doch fragen. Das erwartet man.«

»Eben weil man es erwartet, wird er *nicht* fragen.«

»Aber das Publikum ...«

»Das Publikum ist Mumpitz, wichtig ist die Presse. Und was wird sie schreiben? ›Ein Ober kommt und fragt: Was wünschen Sie? Dazu braucht man nicht ins Theater zu gehen, das sieht man im Kaffeehaus billiger.‹ Den Ober sollen Sie haben, aber er wird nicht fragen, er wird um den Tisch herumgehen und verschwinden. Das ist heutig, das zeigt das Angestelltenproblem, die Chancengleichheit, der Ober ist kein Sklave mehr, er *hat* nicht zu bedienen.«

»Herr Zebisch«, bat ich mit aufgehobenen Händen. »Der Ober muß fragen: ›Was wünschen Sie?‹, weil ich gleich die erste starke Pointe loslasse. Der Ober fragt: ›Was wünschen Sie?‹ Drauf Herr Klug: ›Wünschen würde ich eine Nacht mit der Raquel Welch – nehmen werde ich einen Mokka.‹ Hahahahahahaha!«

Ich lachte, daß einem Herrn am Nebentisch der Bauch wackelte. Zebisch sah mich so traurig an, als ob er eben erfahren hätte, daß sein Haus abgebrannt sei, mitsamt der Garage, in der sein Wagen stand, und daß seine Frau vergessen hatte, den Versicherungsbeitrag zu bezahlen. »Finden Sie das lustig?« fragte er.

»Sehr lustig!« antwortete ich und wischte mir die Lachtränen aus den Augen.

»Ich fürchte«, sagte Zebisch, »daß diese Sprache nicht in das Milieu passen wird. Ich hielte es für besser, wenn der Boy an den Tisch käme und früge: ›What can I do for you, Sir?‹«

»Was für ein Boy? An was für einen Tisch? Wer ist Früge?«

»Ich hatte eben einen genialen Einfall. Ich verlege Ihren Sketch nach Kairo, in ein arabisches Café am Nilufer. Im Hintergrund sieht man Kamele, Sphinxe ...«

»Herr Zebisch«, flehte ich ihn an. »Wie kommen Klug und Dumm in ein arabisches Café am Nilufer?«
»Die Wirren des dritten Weltkrieges haben sie dorthin verschlagen.«
»Die Wirren des dritten –?«
»Ja. Ich mache eine Zukunftsvision. Eine Welt von computergesteuerten Robotern. Die Menschheit ist ausgelöscht – nur Klug und Dumm haben überlebt. Fühlen Sie das Symbolische an dieser Version? Es wird immer einen Klugen und einen Dummen geben. Das ist vieldeutig, das ist literarisch.«
»Herr Zebisch, Sie sagten, die Menschheit ist ausgelöscht. Was ist der Boy?«
»Ein Monstrum.«
»Sein Vater?«
»Der weiße Hai.«
»Seine Mutter?«
»King-Kongs Töchterlein. Sie ist vom Teufel besessen. Exorzismus. Ich mache einen Schocker aus Ihrem Sketch.«
»Herr Zebisch«, jammerte ich. »Was mache ich mit Klug und Dumm nach dem dritten Weltkrieg in einer solchen Umgebung? Hören Sie sich doch meine Pointen an! Nur eine kleine Auslese! Da sagt Dumm: ›Wie gefällt Ihnen dieses Foto? Meine Frau vor einem Supermarkt.‹ Klug betrachtet das Foto und meint: ›Ich sehe keine Frau.‹ Drauf Dumm: ›Dann ist sie schon hineingegangen!‹«
»Kenne ich. Peter Alexander: Spezialitäten.«
»Oder da sagt Dumm: ›Gestern habe ich einen Toaster gekauft, mit der Garantie, daß der Toast nicht verbrennen kann. Man muß nur das Brot vorher mit Asbest einreiben.‹«
»Kenne ich. Peter Frankenfeld: Musik ist Trumpf.«
»Oder das hier!« versuchte ich es noch einmal, mit dem Mut des Verzweifelten. »Dumm sagt: ›Meine Frau hat mir zu Weihnachten eine Wärmeflasche geschenkt, ich habe Wasser hineingefüllt – jetzt haben wir Ostern, und das Wasser ist noch immer nicht warm geworden.‹«
»Kenne ich«, sagte Zebisch wieder. »Hans Rosenthal: Dalli, dalli.«
»Jetzt habe ich genug!« schrie ich und sprang vom Stuhl auf. Sämtliche Gäste drehten sich nach uns um. »Wenn Sie alles kennen, dann werde ich Ihnen etwas sagen: Klug und Dumm heißen wieder Rott und Jorisch, ich hole sie vom Nilufer und setze sie in das Kaffeehaus, wo sie vom Anfang an hätten sitzen sollen, und der Ober wird kommen und fragen: ›Was wünschen Sie!‹ Kein dritter

Weltkrieg, keine Zukunftsvision, keine Monstren, kein Exorzismus, keine Shakespearebühne! Rott und Jorisch werden an einem richtigen Tisch auf richtigen Stühlen sitzen – und wenn Ihnen das nicht gefällt, dann sage ich Ihnen *noch* etwas!« Liebe Leserinnen und Leser, ich bin als wohlerzogener Mann bekannt – glauben Sie mir, wenn ich schwöre, daß ich ein gewisses Zitat noch nie im Leben gebraucht habe. Aber diesmal rief ich es Zebisch laut und deutlich mitten ins Gesicht. Dann ging ich.

Wie ich später hörte, war Zebisch ruhig sitzen geblieben und hatte gesagt: »Kenne ich. Goethe. Götz von Berlichingen.«

Wenn ein Mann in der Ehe keine Enttäuschungen erleben will, muß er rechtzeitig lernen, nein zu sagen. Am besten ist es, wenn er gleich auf dem Standesamt damit anfängt.

Werden die Ehen im Himmel geschlossen?

Es regnete, als ich durch die nächtliche Mariahilfer Straße nach Hause ging. Plötzlich hörte ich, wie jemand mit unterdrückter Stimme meinen Namen rief. Ich wandte mich um und sah in einem Hauseingang einen Mann stehen. Ich sah genauer hin, das war doch – Poldi!

»Poldi!« sagte ich überrascht. »Warum stehst du hier? Es ist kalt, und es regnet. Hast du keinen Schirm? Ich bringe dich nach Hause ...«

»Gott behüte!« sagte Poldi erschrocken.

»Dann gehen wir in ein Kaffeehaus.« An der Ecke gab es ein kleines Espresso, das noch nicht geschlossen war.

Poldi, durchfroren, bestellte einen heißen Tee, ich einen Mokka. Prüfend sah ich die Jammergestalt neben mir an. Wie konnte man sich so verändern? Vor Jahren, in meiner alten Freundesrunde, war Poldi eine ausgesprochene Frohnatur gewesen – und jetzt?

»Was ist los mit dir? Erzähle!« forderte ich ihn auf.

»Meine Frau ...«, sagte er unglücklich. »Ich weiß, ihr habt mir alle abgeraten, sie zu heiraten, weil sie eine Stripteasetänzerin war. Aber ich war einfach fällig. Ich dachte: Stripteasetänzerin – wenn schon. Und wir haben uns anfangs so gut verstanden. Auch sexuell. Bis auf eines: sooft sie sich auszog, mußte ich applaudieren. Aber daran gewöhnt man sich.« Er machte eine kleine Pause. »Kennst du meine Frau?« fragte er dann und sah mich aus traurigen Augen an.

»Natürlich«, sagte ich.

Poldi schüttelte betrübt den Kopf. »Du kennst sie *nicht*«, sagte er, und Tränen fielen in seinen Tee. »Alle meine Freunde, die ungefähr gleichzeitig mit mir geheiratet haben, sind längst geschieden. Ich weiß nicht, was ich falsch mache. Unausgesetzt beleidigt sie mich.«

»Du solltest ihr einmal die Zähne zeigen.«
»Das habe ich getan – seither fehlen mir zwei.«
»Ihr vertragt euch also nicht?«
»Vertragen? Was immer wir miteinander reden – wir streiten. Und wer hat recht? Sie. Eines Tages sind wir übereingekommen, daß wir nie mehr über eine Sache streiten werden, die nicht wert ist, daß man ihretwegen streitet.«
»Und was ist jetzt?«
»Jetzt streiten wir, ob die Sache, über die wir streiten, wert ist, daß wir ihretwegen streiten oder nicht.«
Ich bestellte ihm einen andern Tee. Er hatte seine Tasse halb leer getrunken, aber durch seine Tränen war sie wieder voll geworden.
»Wart ihr euch noch nie einig?« fragte ich.
»Ein einziges Mal«, antwortete er. »Als in unserem Wochenendhaus ein Feuer ausbrach und wir beide zur gleichen Zeit zur Tür hinaus wollten.« Wieder machte er eine Pause. »Anfangs«, fuhr er fort, »war sie eifersüchtig. Das schmeichelte mir. Aber das ging vorüber, und was immer ich jetzt mache – nichts ist ihr recht. Manchmal denke ich, daß sie mich überhaupt nur geheiratet hat, um jemanden zu haben, an dem sie nörgeln kann. Und dann« – ein Schauer fuhr über seinen Rücken –, »ihre Mutter.«
»Was ist mit ihr? Ist sie so furchtbar?«
»Furchtbar? Wenn Siegfried statt des Drachens meine Schwiegermutter hätte besiegen müssen, gäbe es heute keine Nibelungensage.«
»Siehst du sie oft?«
»Sie lebt mit uns!« Es entrang sich wie ein Schrei seiner gequälten Brust.
»Wieso?«
»Angeblich durch meine Schuld. Meine Frau machte ›Urlaub am Bauernhof‹, wie es heute modern ist. Ich bin ein Freund von guter Landbutter. Ich telefonierte mit meiner Frau und sagte: ›Bring Butter mit!‹ Sie verstand: ›Bring Mutter mit!‹ und seitdem ist sie da.«
»Und warum bist du jetzt bei Regen und Kälte im Hauseingang gestanden?«
»Das ist eine eigene Geschichte. Ich war auf einer Geschäftsreise und kam um einen Tag früher nach Hause, als anzunehmen war. Ich öffnete leise die Tür zum Vorzimmer, zum Speisezimmer, zum Schlafzimmer und sehe meine Frau – mit einem andern.«
»Was hast du getan?«

»Ich habe die Tür zum Schlafzimmer wieder leise geschlossen, auch die Tür zum Speisezimmer und die Tür zum Vorzimmer und bin wieder gegangen. Ich bin zwanzigmal um den Häuserblock gelaufen, bin wieder zurück nach Hause, habe leise die Tür zum Vorzimmer geöffnet, zum Speisezimmer, zum Schlafzimmer —«
»Und?«
»Der Mann war noch immer da.«
»Erzähle weiter!«
»Ich habe die Tür zum Schlafzimmer wieder leise geschlossen, auch die Tür zum Speisezimmer und die Tür zum Vorzimmer, und bin wieder gegangen. Ich bin wieder zwanzigmal um den Häuserblock gelaufen, bin wieder zurück nach Hause, habe leise die Tür zum Vorzimmer geöffnet, zum Speisezimmer, zum Schlafzimmer –«
»Und?« fragte ich, aufs äußerste gespannt.
»Der Mann war noch immer da. Ich habe die Tür zum Schlafzimmer wieder leise geschlossen, auch die Tür zum Speisezimmer und die Tür zum Vorzimmer, und bin wieder gegangen. Dann habe ich mich in den Hauseingang gestellt und beschlossen, eine Stunde zu warten.«
»Ich verstehe dich nicht, Poldi. Du findest deine Frau mit einem andern im Schlafzimmer – ja, Herrgott noch einmal, warum hast du nicht mit der Faust auf den Tisch geschlagen?« Poldi sah mich erschrocken an. Dann fragte er: »Damit sie mir einen Krach macht, weil ich so spät nach Hause komme?«

Es ist eine alte Weisheit: In der Ehe erlebt keine Frau, was sie erwartet – und erwartet kein Mann, was er erlebt.

Behaupten Sie von einem Menschen nie, daß er dumm ist. Er könnte so dumm sein, daß er es Ihnen übelnimmt.

Der Wahrheitsbeweis

Ich saß in meinem Stammcafé, und da ich nichts Besseres zu tun hatte, beobachtete ich Anton, den alten Ober, das Faktotum des Hauses. Würde man das Café auf die Bühne stellen, und wäre Hans Moser noch unter uns – er müßte den Anton spielen. Vor fünfzig Jahren war er als Pikkolo hier eingetreten, und so ist er heute noch da. Er watschelt herum, überblickt seine Mannschaft, sorgt für seine Stammgäste, bringt ihnen ihre Zeitungen, weiß, ob sie den Kaffee hell oder dunkel wünschen, kennt ihre Titel vom Herrn Doktor über den Herrn Professor bis zum Herrn Hofrat – hier herrscht er, hier ist er Kapitän. Joschi und ich hatten einmal gezählt, wie viele Meter Anton in der Stunde zurücklegt. Allein auf seinen Gängen von der Küche zur Kassa, von der Kassa zu den Tischen und zur Küche zurück. Wir multiplizierten die gewonnene Zahl mit der Anzahl von Antons Dienststunden, subtrahierten den Urlaub sowie die freien Tage, nahmen das Resultat mal dreihundertfünfundzwanzig und die daraus hervorgehende Summe mal fünfzig und machten die interessante Feststellung, daß Anton in den letzten fünfzig Jahren allein im Dienst eine Strecke von vierzigtausend Kilometern gegangen war, das heißt, daß er am Äquator hätte rund um die Erde gehen können.

Jetzt kam er auf mich zu. »Verzeihen«, sagte er, »erwarten Sie den Herrn Joschi?«

»Ja. Warum?«

Anton beugte sich zu mir herunter und sagte geheimnisvoll: »Der Herr Bamberg, der mit dem Herrn Joschi schon öfter Domino gespielt hat, möchte mit ihm reden. Ich glaube« – seine Stimme wurde noch leiser –, »es handelt sich um etwas Unangenehmes. Vielleicht wäre es gut, wenn der Herr Joschi einen Zeugen –?«

»Danke, Anton. Bringen Sie ihn her, den Herrn Bamberg.« Anton ging. Etwas Unangenehmes? Bei meinem Freund Joschi würde mich das nicht wundern. Joschi unterschreibt Autorenverträge, die er nicht einhält, nimmt Vorschüsse, die er nicht zurückgibt, hat das

Geschick, den Leuten Ideen zu verkaufen usw. Ich erinnere mich noch heute an die Geschichte mit dem Strumpffabrikanten Hickl, mit dem ich ihn bekannt gemacht hatte.
»Für Sie«, sagte Joschi damals, »hätte ich eine umwälzende Idee auf dem Gebiet der Sockenindustrie.«
»Und das wäre?« fragte Hickl interessiert.
Joschi blickte ihn siegesgewiß an. »Socken mit Monogramm«, sagte er dann.
»Wozu sollte das gut sein?«
»Na, hören Sie?« wunderte sich Joschi. »Das ist doch unerhört praktisch. Wenn Sie in einer größeren Gesellschaft sind und unter den Tisch schauen, wissen Sie sofort, welche Füße Ihnen gehören.«
Joschi kassierte für diese Idee zehntausend Schilling, und Hickl sitzt heute noch auf fünfzigtausend Paar Socken mit den verschiedensten Monogrammen.
»Guten Tag.«
»Guten Tag.« Bamberg war an meinen Tisch gekommen. »Nehmen Sie Platz. Ich höre, daß Sie auf Joschi warten. Er wird sich freuen, Sie zu sehen.«
»Das glaube ich nicht«, antwortete Bamberg grimmig. »Ich bin gekommen, um ihm eine Ohrfeige zu geben.«
»Eine Ohrfeige? Warum?«
»Weil er behauptet hat, daß ich ein Trottel bin.«
»Joschi? Das glaube ich nicht.«
»Es ist aber so.«
Im selben Augenblick betrat Joschi das Lokal und steuerte auf uns zu.
»Servus!« begrüßte er mich. »Guten Morgen, Herr Bamberg!«
»Was darf ich bringen?« erkundigte sich Anton.
Joschi dachte einen Moment nach. »Bringen Sie mir ein Ham and eggs und eine Flasche Bier.«
»Sofort bitte!« Anton entfernte sich, Joschi setzte sich hin.
»Was haben Sie, Bamberg?« fragte er. »Sie schauen ja aus wie der letzte Akt eines fünfaktigen Dramas.«
Bamberg wandte sich an mich. »Sagen *Sie* es ihm!«
Ich sagte es. »Herr Bamberg ist gekommen, um dir eine Ohrfeige zu geben.«
»Mir? Warum?«
»Das habe ich auch gefragt. Herr Bamberg behauptet, du hättest gesagt, daß er ein Trottel ist.«
»Ich?« Joschi war empört. »Ich gebe zu, ich habe einmal gesagt, daß

Sie ein Orang-Utan sind – aber ich würde mir niemals erlauben, Sie einen Trottel zu nennen.«
»Ich habe einen Zeugen, der es gehört hat!« brauste Bamberg auf.
»Und wer ist das?« fragte Joschi.
»Der Berger. Ein seriöser Geschäftsmann.«
Joschi sah ihn mitleidig an. »Der Berger, ein seriöser Geschäftsmann«, wiederholte er und setzte dann gröber fort: »Sie sollten Ihren Mund zubinden und Ihren Kopf als Fußball vermieten. Sie haben einen Zeugen, der es gehört hat? Ich habe Hunderte Zeugen, die es *nicht* gehört haben! Haben *Sie* es gehört? Hat es Ihre Frau gehört? Hat es der Anton gehört? Der Apotheker gegenüber? Der Polizist an der Kreuzung? Hast *du* es gehört?« wandte er sich an mich.
»Na also! Wann soll ich das gesagt haben?«
»Vor einem Jahr.«
»Und da kommen Sie erst heute?«
»Man hat es mir erst gestern zurückerzählt.«
»Okay«, meinte Joschi und lehnte sich zurück. Und nun machte er einen jener Drehs, um derentwillen ich ihn so bewundere. »Ich gebe zu«, begann er, »daß ich zwar nur ein paar Semester Jus studiert habe, daß ich mich aber bei den Paragraphen auskenne wie kaum ein zweiter. Ihre nebulose Beschuldigung, laut welcher ich behauptet haben soll, daß Sie ein Trottel sind, eine Behauptung, die ein gewisser Herr Berger gehört haben will, liegt – wie Sie selbst angeben – ein Jahr zurück. Da der Beleidigte – in diesem Falle Sie – während der abgelaufenen Frist keine wie immer geartete Anzeige erstattet hat, die das Gericht zwingen würde, den Insultanten – in diesem Falle mich – zur Verantwortung zu ziehen, ist die obenerwähnte Beleidigung laut Paragraph 104 alinea 6 Absatz 2 verjährt, wodurch sich das Gericht außerstande sieht, über den Insultanten – in diesem Falle mich – die im Gesetz vorgesehene Strafe zu verhängen. Sie können mich wegen der obgenannten und angeblich von mir gemachten Äußerung nicht mehr belangen, während ich für meine fiktive Behauptung, daß Sie ein Trottel sind, den Wahrheitsbeweis erbringen könnte.«
»Wie wollen Sie das machen?« fragte Bamberg überlegen.
»Das werde ich Ihnen gleich sagen«, entgegnete Joschi. »Nehmen Sie an, Sie geben mir hier im Kaffeehaus, also vor Zeugen, die mir von Ihnen angedrohte Ohrfeige. Was werde ich tun? Ich werde zu Gericht gehen und Sie verklagen.«
Bamberg wurde sichtlich kleiner. »Das wären Sie imstande?« fragte er unsicher. »Wo ich seit Jahren Ihr Dominopartner bin?«

»Das ist unwichtig. Aber weiter: Sie werden sich einen Anwalt nehmen, der Sie fünftausend Schilling kosten wird, der Ihnen aber in keiner Weise helfen kann, weil das Recht auf meiner Seite ist. Ergo wird man Sie verurteilen, und zwar zu vier Wochen Arrest oder – falls Sie diese nicht absitzen wollen – zu einer Geldstrafe von dreitausend Schilling.«
Bamberg wurde die Sache unheimlich. »Dreitausend Schilling?« fragte er. »So teuer ist eine Ohrfeige?«
»Wenn Sie sie mir *heute* geben«, betonte Joschi. »Morgen kann sie schon das Doppelte kosten und übermorgen das Dreifache. Schließlich leben wir in einer Zeit der Inflation. Aber das ist nicht alles. Sie werden auch die Spesen zu zahlen haben. Da ist vor allem *mein* Anwalt, der ebenfalls fünftausend Schilling verlangen wird – und da sind die Gerichtskosten, die in einem solchen Fall ungefähr zweitausendfünfhundert Schilling betragen werden. Die Ohrfeige kostet Sie also bereits fünfzehntausendfünfhundert Schilling.«
Bamberg wurde so klein, daß er – mit einem Zylinder am Kopf – hätte unterm Tisch spazierengehen können. »Kann man das nicht umgehen?« erkundigte er sich.
»Schwerlich«, meinte Joschi. »Sie wissen, wenn die Gerichtsmaschine mal angelaufen ist... Aber lassen Sie mich überlegen.« Er machte eine Pause. »Ihr Anwalt könnte natürlich einen Vergleich beantragen«, meinte der dann.
»Na also!« unterbrach Bamberg ihn erfreut.
»Den ich aber erst annehmen müßte.«
»Das werden Sie doch tun ...«
»Unter gewissen Bedingungen – vielleicht«, sagte Joschi. »Da wäre erstens, daß Sie sich bei mir entschuldigen –«
Bamberg atmete auf. »Wenn es weiter nichts ist – ich entschuldige mich.«
»Zweitens«, setzte Joschi fort, »daß Sie mir zweitausend Schilling Schmerzensgeld bezahlen –«, seine Stimme blieb oben.
»Soviel habe ich nicht bei mir«, beteuerte Bamberg, worauf Joschi schnell widersprach: »Die ich aber, in Anbetracht der alten Dominofreundschaft, auf – wieviel haben Sie bei sich?« erkundigte er sich.
»Höchstens tausend ...«
»Die ich aber«, wiederholte Joschi, »in Anbetracht der alten Dominofreundschaft auf tausend Schilling zu ermäßigen bereit bin.«
Bamberg war glücklich. »Ich wußte, mit Ihnen kann man reden.« Er zog seine Brieftasche. »Hier haben Sie die tausend Schilling.«

»Danke – aber ich bin noch nicht fertig. Als Sühnegeld wird noch die Bezahlung meiner Zeche dazugeschlagen.«
Bamberg freute sich. »Daran wird's nicht scheitern.«
Anton brachte ein Ham and eggs und eine Flasche Bier.
»Das geht auf meine Rechnung«, sagte Bamberg.
»Das«, wandte sich Joschi an Anton, »und alles, was Sie sonst noch von mir bekommen.«
»Bitte!« Anton nahm Block und Kugelschreiber und rechnete. »Das wären sechs Ham and eggs, acht Flaschen Bier, zehn Kaffees, vierzehn Schinkenbrote, zwölf Telefongespräche und ein zerbrochener Aschenbecher.«
Bamberg bezahlte – plötzlich stutzte er. »Moment!« meinte er und blickte von Joschi auf mich und wieder zurück. »Wie ist das jetzt? Ich bin gekommen, um Ihnen eine Ohrfeige zu geben, und jetzt gebe ich Ihnen tausend Schilling und bezahle noch Ihre Schulden? Ich bin ja ein Trottel!«
Joschi hatte inzwischen den ersten Bissen gemacht. »Ich habe ja gesagt«, sagte er mit vollem Mund, »ich erbringe den Wahrheitsbeweis!«

Wir leben im Zeitalter der Nacktheit. Werbung, Film und Fernsehen bringen nackte Männer, nackte Frauen, nackte Tatsachen. Was wir verhüllen, ist nur – die nackte Wahrheit.

Das Beste ist der Feind des Guten. *(Voltaire)*

Superlative

Es gibt Menschen, die in Superlativen schwelgen. Zu ihnen gehört Dr. Robinson. Er hat den schnellsten Wagen, die feinste Klientel, den ältesten Whisky. Daß er auch von allen andern Dingen das Beste hat, versteht sich von selbst.
Neulich waren er und seine Frau Mela bei uns zu Gast. Das Gespräch kam, wie immer, auf das Essen.
»Kinder«, sagte er und schlug die Hände zusammen, »Mela und ich haben ein Restaurant entdeckt – das Beste vom Besten! So etwas gibt es kein zweites Mal. Mela hat eine Spargelcremesuppe gegessen, ich eine Leberknödelsuppe – meine Mutter hätte sie nicht besser machen können. Köstlich, köstlich! Anschließend nahm Mela einen Tafelspitz, ich ein brasilianisches Pfeffersteak – delikat! Und was wichtig ist – bürgerliche Preise!« Meine Frau und ich machten seit zwei Tagen eine Abmagerungskur, wir aßen nur die Hälfte von dem, was wir früher gegessen hatten – und vor allem keine Kohlehydrate. Jetzt lief uns das Wasser im Mund zusammen.
»Was habt ihr sonst noch gegessen?« fragte ich gierig, während meine Frau an ihrem Taschentuch kaute.
»Mmm!« machte Robinson, in Erinnerung noch einmal die Nachspeise genießend. »Mela nahm Schokoladepalatschinken mit Nüssen und Schlagobers und ich einen Apfelstrudel nach Art des Hauses – unvergeßlich!«
Er verriet uns die Adresse. Meine Frau und ich waren uns einig, daß wir vor Ablauf von vier Wochen und Verlust von ebenso vielen Kilos nicht hingehen würden, und was wir uns versprechen, halten wir auch. Am nächsten Tag saßen wir dort. Es war der 2. Februar, ein Tag, an dem Millionen Menschen in der ganzen Welt Geburtstag haben – und wenn wir auch keinen von ihnen kennen – es mußte gefeiert werden. Die Kur konnten wir immer noch machen.
Der Ober, ein Türke, brachte die Speisenkarte. Die Auswahl war groß, die Namen der Gerichte waren verlockend. Wir bestellten beide Französische Zwiebelsuppe à la Danton, meine Frau einen

Rostbraten à la Metternich, ich eine Zarte Hühnerbrust à la Brigitte Bardot, meine Frau eine Sachertorte mit Schlagobers und ich einen Obstsalat aus frischen Früchten à la Chamberlain.
Die Suppe kam. Da war nichts von Zwiebeln, nichts von Frankreich, nichts von Danton, nichts von nichts. Ein dünnes Wasser à la Danube. Um unseren Türken nicht zu verstimmen, aßen wir ein paar Löffel davon und ließen sie abservieren.
»Ihre Portionen sind zu groß«, sagte meine Frau charmant zu dem Türken, während ich ihm lächelnd zunickte.
»Zu kroß«, lächelte er zurück. »Verstehe.«
»Was ist Robinsons eingefallen?« fragte ich meine Frau, sobald sich der Türke entfernt hatte. »Hier kann man doch nicht essen.«
»Warte«, meinte sie geduldig. »Vielleicht hatten wir bloß mit der Suppe Pech. Vielleicht hat der Suppenkoch heute seinen freien Tag.«
Ich wartete und hoffte im stillen, daß der Zarte Hühnerbrustkoch nicht auch seinen freien Tag hat. Der Türke kam mit dem Rostbraten und der Zarten Hühnerbrust à la Brigitte Bardot. Meine Frau nahm Gabel und Messer zur Hand und begann zu schneiden. Das Messer rutschte ab. Sie versuchte es von der andern Seite – erfolglos. Sie griff von der Flanke an – auch nichts. Sie bat mich, ihr *mein* Messer zu borgen – es war alles vergebens. »Dieser Rostbraten ist das zäheste Fleisch, das mir je untergekommen ist«, stellte sie wütend fest. Ein Herr vom Nebentisch beugte sich zu uns herüber und meinte verzweifelt: »Da haben Sie das Beefsteak à la Hawaii noch nicht gegessen!« Meine Frau rief den Türken.
»Der Rostbraten ist nicht zu beißen!« sagte sie etwas scharf. »Kosten Sie ihn!«
Der Türke erschrak. »Ich schon gekostet«, meinte er ängstlich. »Ich Zahn ausgebissen.«
Meine Frau wurde energisch. »Dann nehmen Sie ihn zurück!« kommandierte sie. Der Türke wurde bleich. »Ich Ober«, entschuldigte er sich. »Ich nix dürfen zurücknehmen diese Rostbraten. Madame haben ihn verbogen.«
Inzwischen hatte ich die Zarte Hühnerbrust à la Brigitte Bardot getestet. Ich weiß, daß die Bardot nicht mehr die Jüngste ist, aber diese Hühnerbrust nach ihr zu benennen, das war Rufschädigung.
»Weg!« befahl ich. »Tragen Sie das weg!«
Der Türke zuckte, zum Zeichen seiner Machtlosigkeit, bedauernd mit den Schultern. »Ich Ober«, meinte er und trug die beiden Platten weg. Plötzlich hörten wir einen entsetzlichen Schrei.

»Jetzt ist ihm der Rostbraten auf den Fuß gefallen«, sagte der Herr vom Nebentisch.
Ein zweiter Ober, ein Jugoslawe, brachte uns den Nachtisch. Die Sachertorte mit Schlagobers erwies sich als ein mit Kakao bestreuter und saurer Milch übergossener Ziegelstein, die frischen Früchte kamen aus der Dose. Wir bezahlten und gingen. Am nächsten Tag rief ich Robinson an. »Was habt ihr uns da für ein Restaurant empfohlen?« fragte ich ihn aufgebracht. »Wir waren dort – das Essen war nicht zu genießen!«
»Was habt ihr gegessen?« erkundigte er sich. Ich zählte ihm auf, was wir nicht gegessen, aber bezahlt hatten.
»Eure Schuld«, sagte er. »Hättet ihr Spargelcremesuppe, Tafelspitz und Schokoladepalatschinken genommen, darauf sind sie spezialisiert.«

Einige Wochen später waren wir in der Oper und sahen Dr. Robinson und Gattin in einer Loge sitzen. In der Pause trafen wir uns im Büfett.
»Neuer Smoking«, meinte ich bewundernd. »Fesch.«
»Siehst du, wie er es bemerkt?« wandte Robinson sich erfreut an seine Frau und setzte fort: »Ich habe den besten Schneider entdeckt, den es gibt. Kein feudaler Salon, aber der Mann versteht sein Handwerk. Und die Preise – bürgerlich.« Er gab mir die Adresse.
Meine Frau versuchte schon seit langem, mich zu überzeugen, daß ich einen neuen Anzug brauche – also ging ich zu Robinsons Schneider, Johann Holubek, Tailleur.
»Winschen bitte?« fragte Herr Holubek mit leicht tschechischem Akzent.
»Ich komme von Herrn Dr. Robinson. Ich möchte mir einen Anzug machen lassen.«
»Bitte scheen. Soll es etwas Elegantes sein? Oder vielleicht etwas Strapazierfähiges? Oder etwas Praktisches mit zwei Hosen?«
Nur nicht zwei Hosen. Ich habe mir einmal einen Anzug mit zwei Hosen machen lassen und habe mir ein Loch ins Sakko gebrannt. Was wollte ich aber wirklich? Ich wußte nur, was ich *nicht* wollte. Vor allem wollte ich keinen Zweireiher, keinen blauen Blazer mit Goldknöpfen und grauer Hose dazu. Nun bin ich aber ein Mensch, der leicht zu beeinflussen ist, und als ich Herrn Holubek adieu sagte, hatte ich einen zweireihigen blauen Blazer mit Goldknöpfen und zwei grauen Hosen bestellt. Es war an einem Freitag – am darauffolgenden Mittwoch hatte ich die erste Anprobe. Holubek ließ mich in den halbfertigen Blazer schlüpfen, ich betrachtete mich verlegen im

Spiegel – bei Anproben bin ich immer verlegen –, Holubek machte mit Kreide einige mystische Zeichen auf den Stoff, riß die angehefteten Revers herunter, musterte mit Kennerblick meine Schultern, sagte »Da muß me heben«, ließ mich die beiden Hosen probieren und entließ mich. Am Montag war die zweite Anprobe, am Dienstag wurde das Meisterwerk geliefert. Stolz führte ich es meiner Frau vor.

»Das ist der neue Anzug?« fragte sie. »Der sitzt doch nicht.«

»Wieso nicht?«

»Schau dir die rechte Schulter an. Die ist doch viel höher als die linke. Das muß er in Ordnung bringen.«

Also ging ich wieder zu Holubek und sagte ihm, daß die rechte Schulter höher sei als die linke.

»Das ist ein Geburtsfehler«, meinte er. »Sie sind schief gewachsen. Aber das kann man korrigieren.« Wieder machte er seine kabbalistischen Zeichen auf den Blazer. Am nächsten Tag wurde er geliefert, ich zog ihn an und präsentierte mich meiner Frau.

»Jetzt ist die linke Schulter höher als die rechte. Du mußt noch einmal hingehen.«

Ich ging noch einmal hin. Holubek war leicht ungehalten. »Es ist nicht einfach mit Ihnen«, meinte er. »Sie haben ein unregelmäßiges Skelett. Sie sind einmal rechts höher, einmal links. Aber das kann man korrigieren.« Er korrigierte – am nächsten Tag wurde der Blazer geliefert.

»Jetzt hast du einen Buckel«, stellte meine Frau fest. »Du must noch einmal hingehen.«

Ich ging einmal hin, ich ging zweimal hin, ich ging dreimal hin, ich ging viermal hin. Nach dem ersten Mal war der Buckel weg, aber am Bauch hatte ich zwei Falten – nach dem zweiten Mal waren die Falten weg, aber der Buckel war wieder da – nach dem dritten Mal war fast alles in Ordnung, nur die linke Schulter war höher – nach dem vierten Mal sah ich aus wie Quasimodo, der Glöckner von Notre-Dame. Die linke Schulter saß in Ohrhöhe, der Buckel war zweimal so groß wie früher, aus den beiden Falten am Bauch waren vier geworden. Meine Frau war verzweifelt. Ich nicht. Ich hatte an der schwarzen Tafel unseres Hauses einen Anschlag gesehen: »Donnerstag, 10. 4., Textilsammlung für das Rote Kreuz. Was Sie an alten Anzügen, Kostümen, Stoffresten etc. besitzen, legen Sie bitte bis acht Uhr vor den Hauseingang.« Um sieben lag der zweireihige blaue Blazer mit den Goldknöpfen und den beiden grauen Hosen vor dem Hauseingang.

Dann rief ich Robinson an.

»Ich danke dir für den Schneider, den du mir empfohlen hast!« zischte ich in den Apparat.
»Warum? Was hast du dir machen lassen?«
»Einen zweireihigen blauen Blazer mit Goldknöpfen und zwei grauen Hosen! Eben habe ich ihn dem Roten Kreuz gespendet!«
»Deine Schuld!« sagte er. »Einen Smoking hättest du dir machen lassen müssen – darauf ist er spezialisiert.«

Längere Zeit war Robinson nicht zu sehen, dann traf ich Mela auf der Straße. »Wie geht es euch?« fragte ich.
»Weißt du denn nicht? Mein Mann ist krank. Er leidet an furchtbaren Bauchschmerzen auf der rechten Seite. Kannst du mir vielleicht einen guten Arzt empfehlen?«
»Arzt?« rief ich aus. »Den besten, den es gibt! Er hat mich von Magengeschwüren geheilt – einmalig! Und gar nicht teuer!« Ich gab ihr die Telefonnummer.
Vierzehn Tage später rief mich Robinson an. »Was hast du mir da für einen Arzt empfohlen?« fragte er schwach, aber wütend. »Zuerst hat er ein Gallenleiden konstatiert, dann ein Leberleiden, ich durfte nichts essen, nichts trinken, mußte mich in eine Klinik legen, dort fand er plötzlich, daß ich Blasensteine habe, ich war knapp vor der Operation, bis schließlich ein junger Medizinstudent feststellte, daß meine Schmerzen von einer ganz gewöhnlichen Blinddarmentzündung herrühren.«
»Deine Schuld!« sagte ich. »Du hättest in dem Restaurant, das du mir empfohlen hast, eine Zarte Hühnerbrust à la Brigitte Bardot essen müssen, hättest dir dann bei dem Schneider, den du mir so ans Herz gelegt hast, einen blauen Blazer mit zwei grauen Hosen machen lassen müssen – dann hättest du dich so geärgert, daß du Magengeschwüre bekommen hättest – und darauf ist er spezialisiert!«
»Das Beste ist der Feind des Guten«, sage ich immer. Aber das hat schon Voltaire gesagt.

Was ich an den Ärzten so schätze, ist die Ruhe, die in ihren Wartezimmern herrscht. Man kann seinen Gedanken nachhängen, kann sich in aller Stille auf die Fragen des Medizinmannes vorbereiten, auf die Untersuchung, auf die Honorarnote. Und das alles, bis die Sprechstundenhilfe die Tür zum Ordinationszimmer öffnet und mit freundlicher Stimme sagt:

»Der Nächste, bitte!«

Ich hatte einen Friseur, der Friseur hatte eine Maniküre, und die Maniküre hatte eine Zange. Mit dieser Zange zwickte sie mich in den Finger – genaugenommen in den Mittelfinger der rechten Hand. Die Folge: Nagelbettentzündung. Haben Sie schon einmal eine Nagelbettentzündung gehabt? Gott möge Sie davor bewahren. Der Finger wird dick, gelb und boshaft: er schmerzt. Und mit einem Masochismus, den ich dem sonst so harmlosen Mittelfinger meiner rechten Hand niemals zugetraut hätte, liebte er es, sich an Gegenständen zu stoßen, die ihm bisher nicht im Weg gewesen waren. Ich stöhnte und wimmerte. Zum Glück gibt es bei solchen Gelegenheiten immer Menschen, die mit klugen Ratschlägen bei der Hand sind. Robinson sagte: »Versuche es mit Käsepappeltee.« Ich versuchte es. Meine Frau kochte Käsepappeltee, ich trank drei Tassen ex – keine Besserung. Erst später erfuhr ich, daß ich den Finger hätte in dem Käsepappeltee baden müssen. Mein Freund Joschi riet: »Leg ein Gewicht drauf.« Ich legte ein Gewicht drauf – das Befinden meines Fingers verschlechterte sich rapid. Wütend rief ich Joschi an: »Wie kommst du dazu, mir zu raten, daß ich ein Gewicht auf den Finger legen soll?!« – »Weil ich einmal einen ähnlichen Finger hatte«, antwortete er. »Ich habe kein Gewicht draufgelegt und mußte ihn schneiden lassen.« Sein hämisches Lachen hörte ich nicht mehr. Schäumend vor Zorn hatte ich den Hörer auf die Gabel geschleudert, hatte das Ziel verfehlt und den wunden Finger getroffen. Ich brüllte wie ein Walfisch, der sich einbildet, ein Löwe zu sein. Meine Frau stürzte zur Tür herein.

»Was gibt's?« fragte sie ängstlich. »Eine Straßendemonstration?«

»Mein Finger!« schrie ich. »Ich halte es nicht mehr aus!«

Sie beruhigte sich. »Du wirst zum Arzt gehen müssen«, meinte sie.
»Wegen einer solchen Kleinigkeit? Daß ich nicht lache. Es ist schon wieder besser.« In meinem ganzen Leben, sooft ich zum Arzt gehen sollte, waren meine Leiden immer noch von selbst besser geworden. Aber im Innern meines Fingers klopfte es: Täusche dich nicht – du wirst noch sehen!
Ich wandte mich an meinen Schwager Goldmann. Er meinte: »Probiere es mit heißem Wasser. Nimm einen Topf mit heißem Wasser – so heiß du es ertragen kannst – tauch den Finger hinein, zieh ihn heraus, tauch ihn hinein, zieh ihn heraus, hinein, heraus, hinein, heraus und so weiter.« Ich probierte es. Beim zweiten »hinein« hatte ich Brandwunden dritten Grades. Ich mußte mich entschließen, den Arzt aufzusuchen, und zwar den nächstbesten, bevor ich es mir wieder überlegte. Fünf Minuten von uns entfernt ordinierte Doktor Schlächter. Kein empfehlenswerter Name für einen Arzt, aber ich konnte nicht warten, bis ich einen »Dr. Schmerzlos« fand. Also ging ich zu Schlächter.
Im Wartezimmer saßen drei Damen, zwei von ihnen unterhielten sich über Operationen, die dritte las in einer Illustrierten. An einem Tischchen sah ich zwei Herren sitzen, die einander Witze erzählten, wobei der eine von den beiden bei jeder Pointe laut auflachte – ungefähr so: »Hahaha!«, was meinen armen Finger, dem so gar nicht nach Lachen zumute war, derart schockierte, daß er sich krümmte vor Qual. In einer Ecke war noch ein dritter Herr, der immer »O weh, o weh!« machte. Von Ruhe keine Spur – immer nur »Hahaha!« und »O weh, o weh!« Aber das wäre nicht das schlimmste gewesen. Dr. Schlächter hatte sich erst vor wenigen Tagen etabliert, und man arbeitete noch an der Wohnung. So sah ich zum Beispiel zwei Tischler, die an einer ausgehängten Tür herumhobelten, was der Tür nicht angenehm zu sein schien, weil sie immer »Ch, ch, ch!« machte. Ich wurde langsam nervös. »Hahaha!«, »O weh, o weh!«, »Ch, ch, ch!«
»I glaub, wir müssen das elektrisch machen«, sagte einer der Tischler. Sie nahmen einen elektrischen Hobel. »Ch, sss, ch, sss, ch, sss!« Nervös trommelte ich mit den Fingern auf die Tischplatte, auch mit dem entzündeten, masochistischen, weshalb ich ein lautes »Aua!« ausstieß. Alle Anwesenden sahen mich mißbilligend an, weil ich es gewagt hatte, die Ruhe zu stören.
»Könnts net leiser sein?« fragte ein dritter Arbeiter, der eben hereingekommen war, »wenn's der Herr net vertragt!« Er begann mit einem Hammer den Türstock zu bearbeiten. »Bum! Bum!

Bum!« Die Sache bekam einen gewissen Rhythmus. »Hahaha!«, »O weh, o weh!«, »Ch, sss, ch, sss!«, »Bum, bum, bum!«
Jetzt begann man draußen die Straße aufzureißen, weil Dr. Schlächter eine Starkstromleitung legen ließ. An einer Stelle begannen die Preßluftbohrer »Brrrrr!« zu machen, während an einer andern bereits Kabel gelegt wurden, wozu man einen Vorarbeiter benötigte, der dauernd »Ho – ruck!« rief. Bei »Ho« ergriffen die Arbeiter das Kabel, bei »ruck« zogen sie es ein Stück weiter. Alles zusammen klang jetzt ungefähr so: »Hahaha! O weh, o weh! Ch, sss, ch, sss! Bum, bum, bum! Ho – ruck! Ho – ruck!« und wieder vom Anfang »Hahaha!«
Ich hielt es nicht aus – auch mein Finger nicht. Er sprang auf – ich war schmerzfrei! Trotzdem fühlte ich mich nicht wohl. Ich wankte aus dem Haus und zum nächsten Arzt: er war Nervenspezialist.

Die Popwelt hat einen neuen Hit. Er heißt: »Hahaha, o weh, o weh!« und wird von der Gruppe »Die Fetzentandler« gesungen. Text und Musik sind von mir – nächste Woche bekomme ich die Goldene Schallplatte.

Jetzt, liebe Leserinnen und Leser, werden wir sehen, ob Sie brave liebe Leserinnen und Leser sind, oder ob Sie zu den Springern gehören. Sind Sie brave liebe Leserinnen und Leser, dann haben Sie bisher alles schön der Reihe nach gelesen. Sind Sie Springer, dann haben Sie sich hier eine Geschichte ausgesucht, dort eine Geschichte ausgesucht, sind wahllos herumgesprungen, was dem Autor gar nicht so lieb ist, weil er ja doch immer auf ein bißchen Abwechslung und Steigerung Bedacht nimmt. Haben Sie alles der Reihe nach gelesen, dann erübrigt sich jede weitere Erklärung. Sind Sie gesprungen, dann blättern Sie bitte zurück, bis Sie die Geschichte »DAS GENIE« finden, und lesen Sie diese.
Sind Sie fertig? Okay! Zebisch hat meinen Sketch natürlich abgelehnt. Wenn ihn also das Publikum, zu dem auch Sie, liebe Leserinnen und Leser gehören, schon nicht auf dem Bildschirm genießen darf, dann soll es sich wenigstens in diesem Buch an ihm erbauen. Inzwischen habe ich auch einen Titel gefunden – er heißt:

Diplomaten unter sich

(Die Pointen, die Sie jetzt bereits kennen, habe ich natürlich durch andere ersetzt. Wer hat – hat!)

(Kleines Kaffeehaus. ROTT und JORISCH sitzen an einem Tisch, JOSEF, der Ober, kommt.)
JOSEF: Was werden die Herren nehmen?
ROTT: Ich möchte einen Kaffee und – wie immer – alle Zeitungen. Sie wissen, ich interessiere mich für Politik und Diplomatie –
JOSEF *(der das täglich hört)*: Und für die Fortschritte auf dem Gebiet der Medizin.
ROTT: Richtig. Wissen Sie übrigens, wie lange ein Mensch ohne Hirn leben kann?
JOSEF: Nein. Ich weiß ja nicht, wie alt Sie sind.
ROTT *(wütend)*: Das ist eine Frechheit! Sie werden sich sofort entschuldigen!
JOSEF: Regen Sie sich doch nicht auf, Herr Rott. Es war doch nur ein Scherz.

ROTT: Wenn Sie keine besseren Scherze auf Lager haben ...
JOSEF *(wendet sich Jorisch zu)*: Was darf ich *Ihnen* bringen, Herr Jorisch?
JORISCH: Einen heißen Tee. Ich fühle mich nicht gut.
ROTT: Waren Sie beim Arzt?
JORISCH: Ja.
ROTT: Was haben Sie?
JORISCH: Das hat er mir noch nicht gesagt. Er hat mir nur gesagt, was es kosten wird.
JOSEF: Sie sind erkältet, Herr Jorisch, sonst gar nichts.
JORISCH: Das sag ich auch.
ROTT: Und was nehmen Sie für Ihre Erkältung?
JORISCH: Machen Sie mir ein Angebot.
ROTT: Ich meine, was Sie *gegen* Ihre Erkältung nehmen.
JORISCH: Senfbäder. Ich sitze in der Badewanne – bis zum Hals in Senf –
ROTT: Das halten Sie für gut?
JORISCH: Für sehr gut. Oder haben Sie schon einmal ein Würstel mit Lungenentzündung gesehen?
JOSEF: Was soll ich zu dem Tee bringen, Herr Jorisch?
JORISCH: Ein Schinkenbrot – dort aus meinem Mantel.
JOSEF *(ärgert sich, bringt das Schinkenbrot und Zeitungen)*: Da haben Sie! Und da sind die Zeitungen! *(Während er abgeht)*: Das sind Gäste! *(Ab.)*
ROTT *(nimmt eine Zeitung und liest)*: Eine schreckliche Zeit! Gleich auf der ersten Seite: Terror, Rauschgift, Orgien – die Welt ist ein Sodom und Gomorrha geworden.
JORISCH: Was ist das?
ROTT: Das wissen Sie nicht? Das waren die zwei biblischen Städte, die wegen ihrer Lasterhaftigkeit zerstört wurden. Lot und sein Weib durften sie verlassen, unter der Bedingung, daß sie keinen Blick zurückwerfen. Lots Weib *hat* aber einen Blick zurückgeworfen –
JORISCH: No na!
ROTT: Und ist zur Salzsäule erstarrt.
JORISCH: Da hat doch der Lot noch Glück gehabt.
ROTT: Wieso?
JORISCH: Wenn *meine* Frau einen Blick zurückwirft, fährt sie in einen fremden Wagen hinein.
ROTT: Was hat Ihre Frau jetzt für einen Wagen?
JORISCH: Einen ganz kleinen. Wenn sie ein Strafmandat bekommt, muß sie es beim Jugendgericht bezahlen.

SENF
KREMSER

JOSEF *(kommt)*: Da ist der Tee, Herr Jorisch.
JORISCH: Danke. Wie geht es Ihnen? Sie schauen ein bißchen übernächtig aus.
JOSEF: Ich schlafe so schlecht. Ich habe seit sechs Nächten denselben Traum, wache auf und kann nicht mehr einschlafen.
ROTT: Was träumen Sie da?
JOSEF: Einen Blödsinn. Und zwar, daß ich am Nordpol bin – in einer Höhle bei Eisbären.
ROTT: Waren Sie schon bei einem Psychiater?
JOSEF: Nein, immer bei Eisbären. *(Er geht.)*
ROTT: Was sagen Sie zu dem dummen Kerl?
JORISCH: Kein Mensch kann für seine Träume. Ich habe neulich geträumt, ich fliege mit einem Fallschirm aus einem Flugzeug – ich ziehe an der Schnur –
ROTT: Und was war?
JORISCH: In der Früh, beim Aufstehen, habe ich meine Pyjamahose verloren.
ROTT: Solche Träume können nur Sie haben. Was macht übrigens Ihre Frau?
JORISCH: Es geht ihr gut. Ich bewundere sie, weil sie sich in jeder Situation zu helfen weiß. Neulich wollte sie Marillenknödel machen, hat aber keine Marillen zu Haus gehabt – hat sie sie mit Sauerkraut gefüllt.
ROTT: Die Marillenknödel?
JORISCH: Ja.
ROTT: Wie hat das geschmeckt?
JORISCH: Haben Sie schon einmal einen Strudel gegessen, der mit Seegras gefüllt ist?
ROTT: Nein.
JORISCH: Der müßte eine Delikatesse sein gegen diese Marillenknödel. Was macht *Ihre* Frau?
ROTT: Danke, es geht ihr gut.
JORISCH: Was kriegen *Sie* so zu essen?
ROTT: Ich bin nicht heikel. Ich bin Vegetarier.
JORISCH: Sie? Ich hab immer geglaubt, Sie sind ein Textilkaufmann.
ROTT *(gereizt)*: Na und? Darf ein Textilkaufmann kein Vegetarier sein?
JORISCH: Das ist doch ein Tierarzt ...
ROTT: Ein Tierarzt ist ein Veterinär.
JORISCH: Das ist ein ausgedienter Soldat.
ROTT: Das ist ein Veteran!

JORISCH: Veteran ist einer, der kein Fleisch ißt.
ROTT *(schreit)*: Das ist ein Vegetarier!!! Und jetzt lassen Sie mich in Frieden – ich will Zeitung lesen.
JORISCH: Dann geben Sie mir auch eine.
ROTT: Ausgeschlossen! *(Rafft gierig alle Zeitungen zusammen.)*
JORISCH: Ich bin doch auch ein Gast! Jeden Tag nehmen Sie die Zeitungen in Beschlag, und ein anderer kriegt nichts zu lesen!
ROTT: Sie brauchen nichts – Sie verstehen es sowieso nicht! Sie wissen, daß ich mich für Politik und Diplomatie interessiere, und daß ich die Artikel vergleichen muß, wenn ich informiert sein will! Da schreibt zum Beispiel die Zürcher Zeitung, daß der Außenminister von Saudi-Arabien gesagt hat, daß Rußland und China eines Tages gemeinsam gegen Amerika gehen wird – und »Al Ahram« schreibt das Gegenteil.
JORISCH: Wer ist das – der Alachram?
ROTT *(wütend)*: Wer ist das! Das ist eine ägyptische Zeitung!
JORISCH: Vielleicht weiß sie es.
ROTT: Das ist egal! Der Außenminister darf das nicht sagen. Das ist nicht diplomatisch!
JORISCH: Das versteh ich nicht.
ROTT: Weil Sie kein Diplomat sind! Da muß man umschreiben können! Nehmen wir an, Sie wären der Präsident von – sagen wir – Togo.
JORISCH: Was ist *das* wieder?
ROTT: Eine afrikanische Republik. Sie halten dort eine Rede –
JORISCH: Das wäre ausgeschlossen.
ROTT: Warum?
JORISCH: Weil ich kein Wort togolisch kann.
ROTT: Nehmen wir an, Sie könnten es. Da kommt der Tschad –
JORISCH: Wer kommt?
ROTT: Der Tschad! Das ist auch eine afrikanische Republik. Der tschadische Außenminister will sagen, daß Ihre Rede voller Lügen war, aber er wird es umschreiben. Er wird sagen, daß man die Rede erst überprüfen muß.
JORISCH: Meinetwegen kann der Außenminister ruhig sagen, daß meine Rede voller Lügen war. Erstens habe ich keine gehalten, und zweitens – wie viele Tschadler kennen mich schon? Nicht einer.
ROTT: Mit Ihnen kann man nicht reden. Lassen Sie mich lesen.
JORISCH: Nur wenn Sie mir auch eine Zeitung überlassen.
ROTT: Wie oft soll ich Ihnen noch sagen, daß ich alle brauche? Ich lese da eben einen Artikel über die österreichische Innenpolitik.

Wenn auch manche schimpfen – unsere Politik ist in Ordnung. Schauen Sie sich das Ausland an. Die Währungen werden abgewertet, die Aktien fallen ...

JORISCH: Das stimmt. Deshalb lege ich ja auch alles in österreichischen Werten an.

ROTT: In was zum Beispiel?

JORISCH: In österreichischer Einkommensteuer. Man hat mir gesagt, daß das das einzige ist, was immer steigen wird.

ROTT: Wenn Sie eine Spur von Gescheitheit hätten, wüßten Sie, wie blöd Sie sind. Unser Finanzamt *muß* die Steuern erhöhen! Der Staat hat doch kein Geld!

JORISCH: Dann soll der Finanzminister in eine Bank gehen – dort ist alles voll damit.

ROTT: Dazu braucht er doch einen Bürgen!

JORISCH: Jetzt verstehe ich, was Sie meinen. Geld haben wir genug, was uns fehlt, sind die Bürgen.

ROTT *(ereifert sich noch mehr)*: Was uns fehlt, ist eine ruhige Welt! Überall Terror und Bomben! Wenn sich der Tschad und Togo nicht vertragen, wissen Sie, was da Ghana dazu sagen wird?

JORISCH: Keine Ahnung.

ROTT: Ich auch nicht.

JORISCH: Ich weiß nicht einmal, wer der Ghana ist.

ROTT: Ghana ist auch eine afrikanische Republik.

JORISCH: Jetzt weiß ich, wo die Ganoven herkommen.

ROTT: Die heißen nicht Ganoven, die heißen Ghaneser! Wenn dann noch Mali dazukommt –

JORISCH: Meine Tante?

ROTT: Wieso Ihre Tante?

JORISCH: Die heißt Mali. Das heißt, sie heißt eigentlich Amalia, aber wir rufen sie Mali. Tante Mali.

ROTT *(wütend)*: Sie Hirsch, Sie! Mali ist auch eine afrikanische Republik! Glauben Sie, daß der Sudan da zuschauen wird?

JORISCH: Das weiß ich nicht.

ROTT: Er wird *nicht* zuschauen!!! Und das Ganze wird in eine Konflagration ausarten!

JORISCH: Was ist das, eine – was Sie da gesagt haben?

ROTT: Ein Krieg! Ein Krieg im Schwarzen Erdteil!

JORISCH: Was hat das mit unserem Finanzminister zu tun?

ROTT: Sie sind dümmer, als ich gedacht habe! Die Großmächte werden sich doch dreinmischen! Dann müssen auch wir aufrüsten! Wir brauchen Flugzeuge, und dazu braucht der Finanzminister Geld!

JORISCH: Ich brauch kein Flugzeug. Wohin soll ich fliegen? Zu meiner Schwester könnte ich fliegen, die ist in Miami verheiratet.

ROTT *(schreit)*: Nicht Sie sollen fliegen! Unsere Flieger! *(Beruhigt sich.)* Der Krieg wird aber vermieden werden. Deshalb lese ich Zeitungen.

JORISCH: Weil *Sie* Zeitungen lesen, wird der Krieg vermieden werden?

ROTT: Nein. Ich beobachte nur die diplomatischen Schritte.

JORISCH: Verzeihen Sie, Herr Rott, aber Sie sind auch nicht gescheit.

ROTT *(springt auf)*: Eine Frechheit! Das haben Sie nicht zu sagen!

JORISCH: Sie haben es doch von mir auch gesagt.

ROTT: Ich kann es beweisen! Aber Sie? Und wenn Sie schon denken, daß ich nicht gescheit bin, dürfen Sie höchstens behaupten, daß ich schlecht unterrichtet zu sein scheine, und daß Sie hoffen, daß ich mir die richtige Erkenntnis der an und für sich verworrenen Sachlage, wie sie sich dem Fachmann darstellt, durch die Hinzuziehung des dazu benötigten Ansichtsmaterials im Laufe der nächsten Zeit, die nicht unter sechs und nicht über zwölf Monate liegen soll, erarbeiten werde. Das ist diplomatisch! Aber Sie sind ja kein Diplomat! Ich komme nie wieder in dieses Kaffeehaus! Adieu! *(Geht wütend ab.)*

JORISCH *(bleibt allein zurück)*: Er kommt nie wieder in dieses Kaffeehaus? Jetzt gehören die Zeitungen mir! Und da sagt er, ich bin kein Diplomat!

Ich habe mir die Szene noch einmal durchgelesen. *Diesen* Sketch hat Zebisch nicht angenommen! *Diesen* Sketch! – Recht hat er gehabt.

Im Lexikon steht: Ein Perpetuum mobile ist eine Maschine, die, einmal in Gang gesetzt, ohne weitere Energiezufuhr dauernd Arbeit leistet. Nach dem Satz von der Erhaltung der Energie unmöglich.
Ich fasse es verständlicher: Ein Perpetuum mobile ist eine Kuh, die Milch trinkt.

Perpetuum mobile

Personen: SIE und ER. Ort: Ein Wohnzimmer. Zeit: Wann immer Sie wollen. Lautes Geschrei: SIE beginnt:
»Ich kann nichts dafür, es war *deine* Schuld!«
»Wieso!«
»Weil du gesagt hast, daß ich wahnsinnig bin!«
»Ich habe nicht gesagt, daß du wahnsinnig bist – ich habe gesagt, daß du verrückt bist!«
»Das ist dasselbe!«
»Das ist *nicht* dasselbe! Eine Verrückte kann in solchen Blue jeans, wie du sie dir eben gekauft hast, auf der Straße herumlaufen – eine Wahnsinnige kann ihren Mann mit der Hacke erschlagen!«
»Ich verstehe nicht, was dir an den Blue jeans nicht paßt!«
»An den Blue jeans paßt mir alles, aber du paßt nicht mehr hinein! Denk doch ein bißchen nach: Blue jeans sind für Teens und Twens!«
»So! Ich bin also zu alt für dich!«
»Für mich bist du nicht zu alt, bloß für Blue jeans! Schau sie dir doch an! Solche Hosen!«
»Mela Robinson ist auch weder Teen noch Twen und läuft doch in ›solchen Hosen‹ auf der Straße herum!«
»Mela Robinson ist mir egal! Wenn sie aber in solchen Hosen auf der Straße herumläuft, darf es sie nicht wundern, wenn ihr Mann sich im Büro nach einem geeigneten Rock umsieht!«
»Ah! Hast du dich vielleicht auch schon umgesehen!«
»Wonach?«
»Nach einem geeigneten Rock?«
»Nein. Wenn du mir aber nicht sofort versprichst, daß du diese

schrecklichen Jeans nicht mehr anziehen wirst, garantiere ich für nichts!«
»Du bist ein Tyrann!« Pause. Dann leiser, wenn auch unwillig: »Also gut, ich versprech's dir.«
»Na also. Ich habe gewußt, daß man vernünftig mit dir reden kann. Ich weiß nicht, warum wir immer erst streiten müssen.«
»*Ich* kann nichts dafür. Es war *deine* Schuld!«
»Wieso?«
»Weil du gesagt hast, daß ich wahnsinnig bin!«
»Ich habe nicht gesagt, daß du wahnsinnig bist – ich habe gesagt, daß du verrückt bist!«
»Das ist dasselbe!«
»Das ist *nicht* dasselbe! Eine Verrückte kann sich einen Ring durch die Nase ziehen und in einem Eisbärenfell in die Sauna gehen – eine Wahnsinnige kann einen Eisenbahnzug zum Entgleisen bringen! Stell dich vor den Spiegel und schau wie du aussiehst in diesen blöden Blue jeans!«
»Ich gefalle dir also nicht mehr!« Die Unterhaltung hat wieder die Phonstärke 120 angenommen, die dem Geräusch eines Flugzeugs in drei Meter Entfernung entspricht.
Er setzt fort: »Du gefällst mir! Du gefällst mir im Pelz, im Abendkleid, im Sportkostüm, im Pyjama, im Bikini – aber nicht in Blue jeans!«
»Weil du keinen Sinn für das Moderne hast! Dir gefällt doch nicht einmal Hundertwasser!«
»Nein! Und warum nicht? Weil mir Tizian, Raffael und Tintoretto lieber sind!«
»Du bist eben altmodisch! Ich ziehe Fuchs und Leherb vor!«
»Zieh sie vor oder zieh sie *nicht* vor – wir sprechen doch jetzt von den Blue jeans!«
»Und wozu? Ich weiß bereits, daß sie dir nicht gefallen!«
»Sie gefallen mir! Es sind die schönsten Blue jeans, die ich je gesehen habe! Kein Tizian, Raffael, Tintoretto, Fuchs oder Leherb könnte sie schöner malen! Sie gefallen mir nur nicht, wenn du sie anhast!«
»Ich bin also häßlich!«
»Du bist nicht häßlich, aber du paßt in diese Blue jeans wie eine Melone in eine Orangenschale!«
»Haha, wie lustig! In den Augen meines Mannes bin ich eine Melone!« Ihre Stimme wird drohend. »Entweder du nimmst das sofort zurück, oder ich verlasse das Haus!«
Er stöhnt. »Das war doch nur ein Vergleich. Aber meinetwegen – ich nehme ihn zurück!«

»Dein Glück! Hättest du das *nicht* getan, wäre ich zu Mama gegangen!«
»Ich *habe* es aber getan! Und jetzt komm her, und gib mir einen Versöhnungskuß!« Kuß. »Hoffentlich siehst du jetzt ein, daß ich recht hatte.«
»Nicht ganz, aber –«
»Das ist immerhin etwas. Und jetzt Schluß. Vertragen wir uns wieder?«
»Ja.«
»Und du wirst nicht mehr streiten wegen einer solchen Lappalie?«
»Ich? Ich konnte nichts dafür. Es war *deine* Schuld!«
»Wieso?«
»Weil du gesagt hast, daß ich wahnsinnig bin!«
Er springt auf wie ein Tobsüchtiger. »Ich habe nicht gesagt, daß du wahnsinnig bist – ich habe gesagt, daß du verrückt bist!« Phonstärke 130: Schmerzschwelle.
»Ob wahnsinnig oder verrückt – das ist dasselbe!«
»Das ist *nicht* dasselbe! Eine Verrückte kann einen blauen Hut mit roten und grünen Federn aufsetzen – aber eine Wahnsinnige kann das Haus in Brand stecken!«
»Du traust mir also zu, daß ich einen blauen Hut mit roten und grünen Federn aufsetze?«
»Wenn du in diesen Blue jeans auf die Straße gehst, traue ich dir alles zu!«
»Und ich *werde* in diesen Blue jeans auf die Straße gehen! Und weißt du, wer mich begleiten wird? Du!«
»Ich? Haha! Lieber gehe ich mit einer Posaune an der Leine auf den Opernball!«
»Sehr komisch!«
»Soll es gar nicht sein! Deine Blue jeans sind komisch genug!«
»Also gut! Ich habe einen rückschrittlichen Mann – ich werde sie nicht mehr tragen.«
»Ist das dein Ernst?«
»Ja. Wenn du mir versprichst, nie mehr davon zu reden.«
»Ich verspreche es. Ich werde nicht nur nie mehr davon reden – ich werde sie vergessen, aus meinem Gedächtnis streichen – aus. Obwohl mir das nicht leichtfallen wird, weil sich ja bekanntlich Schreckensbilder dem menschlichen Gehirn besonders stark einprägen. Die Blue jeans –«
»Du sprichst ja schon wieder davon!«
»Du hast recht. Es war das letztemal.«
»Schwöre!«

»Ich schwöre! Ich schwöre sogar, daß es wegen einer solchen läppischen Kleinigkeit nie mehr zu einem Streit zwischen uns kommen soll.«
»Zwischen uns? Ich verstehe immer ›uns‹! Ich kann nichts dafür, es war *deine* Schuld!«
»Wieso?«
»Weil du gesagt hast, daß ich wahnsinnig bin!«
»Ich habe nicht gesagt, daß du wahnsinnig bist – ich habe gesagt, daß du verrückt bist!«
Fortsetzung siehe umseitig.

Perpetuum mobile.

Die Kommissare sind keine Erfindung des Fernsehens. Sie existieren wirklich, und es ist gut, daß sie existieren, weil man sie braucht, um die Bevölkerung gegen das Verbrechertum zu schützen. Natürlich sollte ihnen die Bevölkerung bei dieser Arbeit behilflich sein. Aber wer ist das schon? Soll ich es Ihnen sagen? Meine Frau. In einer Sammlung berühmter Rechtsfälle wird einmal ein Kasus zu finden sein – betitelt:

Der Lustmörder

Meine Frau und ich saßen am Frühstückstisch. Sie hüben – ich drüben.

»Schrecklich!« hörte ich sie plötzlich, wie aus weiter Ferne, sagen.

Ich gestehe, daß ich es liebe, während des Frühstücks Zeitung zu lesen, und daß ich es *nicht* liebe, dabei gestört zu werden. Ich habe mir daher in jahrelangem Training die Fähigkeit angeeignet, alles was meine Frau während des Frühstücks spricht, wie aus weiter Ferne zu hören.

»Schrecklich!« sagte sie nochmals, diesmal bereits etwas näher und um eine Nuance schärfer, aber noch immer nicht so nahe und so scharf, daß ich mich genötigt gesehen hätte, sie zu fragen, was denn so schrecklich sei.

»Schrecklich!« sagte sie ein drittes Mal, diesmal ganz nah, und scharf wie ein Rasiermesser. Jetzt war sie nicht mehr zu ignorieren.

»Was gibt es, Liebling?« fragte ich deshalb, weil ich weiß, daß es ratsam ist, sobald sie diesen Ton anschlägt, besser »Liebling« zu sagen.

»Dreh die Zeitung um, dann wirst du es wissen.«

Ich tat, wie mir geheißen. Ich finde, daß ich mich heute eines besonders geschliffenen Stils bediene. Ich hätte ebensogut schreiben können: Ich drehte die Zeitung um – aber nein. Ich schreibe: Ich tat, wie mir geheißen, und las:

»Eduard Plampitz entsprungen. Gestern nacht gelang es dem Lustmörder Eduard Plampitz, 34, dessen Name vor einigen Jahren Schlagzeilen gemacht hatte, aus der Strafanstalt, in der er den Rest seines Lebens verbringen sollte, zu entspringen. Plampitz, der, wie erinnerlich, drei Frauen hinterrücks überfallen, mißbraucht und dann durch Messerstiche getötet hat, dürfte sich in der Umgebung Wiens herumtreiben. In einem leerstehenden Wochenendhaus in Neustift fand man seine Sträflingskleidung, und da der Besitzer des Hauses aus einem aufgebrochenen Schrank einen braunen Anzug sowie einen blauen Regenmantel vermißt, ist anzunehmen, daß Plampitz diese Kleidungsstücke entwendet hat, um nicht erkannt zu werden. Die Bevölkerung wird gebeten, die Polizei bei der Suche nach dem Mörder zu unterstützen, aber mit Vorsicht – der Verbrecher ist bewaffnet.«

Die Zeitung brachte sein Foto – en face und en profil – es war furchterregend. Plampitz hatte schwarzes Haar und ein Paar Augen, das selbst dem grimmen Hagen Angst eingejagt hätte.

»Schrecklich!« sagte ich.

»Jetzt sagst du auch ›schrecklich‹«, meinte meine Frau zynisch. »Aber als *ich* sagte...«

»Verzeih«, verteidigte ich mich, »du sagst doch oft ›schrecklich‹! Du sagst auch ›schrecklich‹, wenn du vergessen hast, Tante Elsa anzurufen.«

»Das stimmt nicht«, sagte meine Frau, die sogar dem Fernsehansager widerspricht.

Ich versuchte, das Gespräch wieder in ruhige Bahnen zu lenken. »Es hat ja auch nichts zu bedeuten«, meinte ich.

»Nichts zu bedeuten? Hast du noch nie etwas vom Gesetz der Serie gehört? Vorgestern der Einbruch bei Pfandls, gestern der Überfall auf Wimmer – jetzt sind *wir* dran.«

»Warum?«

»Weil auf zwei Verbrechen, die einen unmittelbar berühren, ein drittes folgt.«

»Warum aber gerade wir – ?«

»Weil so!« antwortete meine Frau mit ihrer rätselhaften Logik.

Ich machte einen Vorschlag. »Bleiben wir einfach zu Hause, bis das dritte Verbrechen vorüber ist...«

Meine Frau sah mich an. »Du bist ein kluger Mensch«, sagte sie, aber sie sagte es nicht bewundernd, sie sagte es ironisch. »Als ob uns zu Hause *nichts* passieren könnte. Wäre es nicht möglich, daß Plampitz kommt und eine Bombe durch unser Fenster schleudert?«

Ich wüßte nicht, weshalb Plampitz kommen und eine Bombe durch unser Fenster schleudern sollte, aber sie hatte recht. Möglich wäre es. Mich schauderte.

»Ich muß zur Bank«, sagte sie. »Wenn jemand anruft, ich bin in zwei Stunden zurück.«
In mir erwachte der Mann. »Wenn du Angst hast wegen Plampitz, könnte doch ich – ?«
»Du kannst *nicht*!« entschied sie, Gott sei Dank, energisch.
»Okay«, sagte ich. Wenn sie will, soll sie. Schließlich war ich erst gestern auf der Bank, und wir gehen immer abwechselnd. Wir haben ein gemeinsames Konto. Ich lege ein, und sie hebt ab. Kaum war sie fort, rief ihre Managerin an.
»Meine Frau ist in zwei Stunden zurück«, sagte ich.
Sie war schon in *einer* Stunde zurück – aber in welchem Zustand! Blaß, zitternd, keuchend – ein Abbild der Furcht!
»Was ist los?« fragte ich erschrocken.
»Ich habe ihn gesehen!«
»Wen?«
»Plampitz!«
»Wo?«
»In der Bank. Ich stand vor dem Kassenschalter – plötzlich hatte ich das Gefühl, als ob mich jemand hypnotisieren würde. Ich sah mich um – er stand hinter mir.«
»Einbildung«, sagte ich kalt. So kalt, daß mich fröstelte.
»Einbildung?« Meine Frau lachte wie Draculas Tochter.
»Weißt du, wie er aussieht?«
»Ich habe das Foto gesehen«, bibberte ich.
»Das Foto!« Meine Frau lachte wie Frankensteins Schwiegermutter. »In Wirklichkeit schaut er viel schrecklicher aus!« Sie mußte sich setzen.
»Was hatte er an?« fragte ich und zitterte vor der Antwort.
»Wie es in der Zeitung stand: brauner Anzug, blauer Regenmantel.«
Er war es. Es gab keinen Zweifel.
»Ich fühlte schon das Messer in meinem Rücken«, setzte meine Frau fort. »Zum Glück wurde meine Nummer aufgerufen, und ich war gerettet.«
»Und weiter?«
»Ich stürzte davon.«
»Zur Polizei?«
»Bist du verrückt? Damit er sich an mir rächt, wenn sie ihn nicht erwischen? Ich bin in das nächste Taxi gesprungen und nach Hause gefahren. Mir zittern jetzt noch die Knie.«
Ich schluckte schnell zwei Beruhigungstabletten – komischerweise wurde ihr davon nicht besser.

»Du hast nicht richtig gehandelt«, stellte ich fest. »Du hättest die Polizei benachrichtigen müssen. Stell dir vor, der Mann bringt wieder drei Frauen um – dann bist du mitschuldig.«
Meine Frau bekam einen Schüttelfrost. Ich weiß nicht, war es Angst oder Solidarität – ich schüttelte mit.
»Ich habe eine Idee«, sagte ich. »Gehen wir zu Robinson. Er ist nicht nur unser Anwalt, er ist auch unser Freund – er wird uns sagen, ob du den Fall zur Anzeige bringen sollst oder nicht.«
Wir gingen die Treppe hinunter auf die Straße – plötzlich schrie meine Frau: »Dort!«, zeigte mit dem Finger auf die gegenüberliegende Straßenseite und rannte ins Haus zurück. Ich warf einen Blick hinüber und sah einen Mann – brauner Anzug, blauer Regenmantel! Ich rannte hinter ihr her und war noch vor ihr an unserer Tür angelangt. Eine solche Rekordzeit bei einer Olympiade, und ich hätte eine Goldmedaille bekommen. Vorsichtig gingen wir wieder hinunter – der Mann war weg. Wir setzten uns in ein Taxi und fuhren zu Robinson. Robinson dachte nach. »Das ist schwer zu entscheiden«, sagte er zu meiner Frau. »Natürlich solltest du der Polizei melden, daß du Plampitz gesehen hast, aber wenn es dich derart aufregt, könnte es einen Schock hervorrufen, den ich nicht verantworten kann. Besprecht euch mit Dr. Hochmann. Er ist Psychiater und wohnt einen Stock tiefer.«
Wir gingen einen Stock tiefer. Plötzlich schrie meine Frau: »Dort!«, zeigte auf einen Mann, der die Treppe heraufkam – brauner Anzug, blauer Regenmantel! Es war derselbe, den sie in der Bank und den wir auf der Straße gesehen hatten! Er verfolgte uns! Nur natürlich. Sie hatte ihn erkannt und mußte aus dem Weg geräumt werden. Ich hätte es genauso gemacht. Sie rannte zurück, ich hinter ihr her – hinauf zu Robinson. Verlegen erzählte ich Robinsons Sekretärin, daß ich meinen Schirm vergessen hätte. Sie fand ihn nicht. Sie konnte ihn nicht finden, da ich keinen mitgehabt hatte. Als wir sicher waren, daß der Mörder die Tür passiert hatte, wagten wir uns hinaus und schlichen die Treppe hinunter zu Dr. Hochmann.
Dr. Hochmann war von Robinson bereits telefonisch unterrichtet worden und kannte also schon unser Problem. »Legen Sie sich hier auf die Couch«, sagte er zu meiner Frau. Sie legte sich hin.
»Beginnen wir mit der Kindheit«, fing Hochmann an. »Hatten Sie einen Vaterkomplex? Glaubten Sie, nur einen Mann lieben zu können, der Ihrem Vater gleicht?«
»Nein.«
»War Ihr Vater ein Säufer?«

Meine Frau war empört. »Mein Vater war Antialkoholiker!« sagte sie.
»Hatten Sie in Ihrer Kindheit das Verlangen, von Ihrem Vater geküßt und liebkost zu werden?«
Schüchtern machte ich Dr. Hochmann darauf aufmerksam, daß es sich hier nicht um meinen Schwiegervater handle, sondern um den entsprungenen Mörder.
»Ich weiß«, meinte Dr. Hochmann. »Mir ist es wichtig, vorerst die Verklemmung Ihrer Gattin zu lösen.«
Ich wußte nicht, daß meine Frau eine Verklemmung hatte, aber der Psychiater war *er*. Er mußte es wissen.
Er wandte sich wieder meiner Frau zu. »Hatten Sie in Ihrer Pubertätszeit eine Vorliebe für gelbe Rosen?«
»Nein.«
»Gelbe Tapeten?«
»Nein.«
»Gelbe Regenschirme?«
»Hören Sie, Doktor!« wunderte sich meine Frau.
»Empfinden Sie Ekel, wenn Sie eine Fliege sehen?«
»Nur wenn sie im Kaffee herumschwimmt.«
Dr. Hochmann machte einen Vorschlag. »Ich werde Sie hypnotisieren. Ich zähle bis dreißig, und Sie werden schlafen.« Dr. Hochmann zählte bis dreißig, meine Frau schlief nicht, aber er schlief. Ich weckte ihn.
»Ich würde sagen«, sagte er zu meiner Frau, »daß Sie die Polizei verständigen sollten. Ich weiß nur nicht, ob Ihr Herz –? Ziehen wir noch Prof. Berditsch zu. Er ist Herzspezialist, hier im Haus, dritter Stock.«
Wir gingen die Treppe hinauf. »Dort!« schrie meine Frau. Ohne ihrem ausgestreckten Finger nachzusehen, rannte ich mit ihr zu Hochmann zurück. Sie hinein – schlägt mir die Tür vor der Nase zu. Der Mörder kam die Treppe herunter. Ich hörte seine Schritte. Dumpf, gleichmäßig, wie im Fernsehen. Acht Stufen war er noch von mir entfernt, sechs Stufen – ich trommelte mit den Fäusten an die Tür, die meine Frau anscheinend nicht öffnen konnte – vier Stufen, zwei Stufen – die Tür ging auf, ich schlüpfte ins Vorzimmer. Mit klopfenden Herzen warteten wir, bis der Verbrecher vorüber war, dann eilten wir hinauf zu Prof. Berditsch. Hochmann hatte ihn bereits informiert.
»Machen Sie sich frei«, sagte er zu meiner Frau. Er prüfte ihren Blutdruck, untersuchte ihr Herz, machte ein EKG, ließ sie auf einem Zimmerfahrrad fahren, machte ein zweites EKG und meinte end-

lich: »Ihr Herz ist gesund – gehen Sie zur Polizei.« Wir gingen.
Als wir dort ankamen und erklärten, weshalb wir gekommen waren, führte man uns in ein Zimmer, in dem sich zwei Männer in Zivil und zwei Polizisten befanden. Der eine Zivilist saß hinter einem Schreibtisch, der zweite ihm gegenüber auf einem Stuhl. Wir konnten ihn nicht sehen, da er von den Polizisten verdeckt wurde. Meine Frau machte einen Schritt vorwärts, stieß einen Schrei aus, und weg war sie. Ich hinter ihr her, aber wir kamen nicht weit. Zwei Beamte stellten sich uns in den Weg, legten uns Handschellen an und führten uns zurück.
Und jetzt war mir die Aufregung meiner Frau verständlich. Der Mann auf dem Stuhl, von den zwei Polizisten flankiert – war der Mörder! Sie hatten ihn also schon. Er gab alles zu. Daß er in der Bank hinter meiner Frau gestanden war, daß er an unserem Haus vorübergegangen war, daß wir ihm zweimal im Hause Robinsons begegnet waren – alles. Nur leider ...
Sie werden fragen: *Was* leider? Leider war er nicht der entsprungene Mörder, sondern der mit dem Fall betraute Kommissar. Plampitz wurde am nächsten Tag gefangen.
Für uns hatte die Angelegenheit nur günstige Auswirkungen. Meine Frau erzählt ihr Erlebnis noch heute auf allen Parties – und zwar so, als wäre wirklich sie es gewesen, die Plampitz überführt hatte –, und ich hatte eine Geschichte für das vorliegende Buch.
Daß ich sie niederschrieb, ist vielleicht das dritte Verbrechen, das uns zu dem eingangs erwähnten Gesetz der Serie gefehlt hat.

Wir Menschen haben immer einen Grund, dankbar zu sein. Wenn Sie arm sind und Ihre Schulden nicht bezahlen können, seien Sie dankbar, daß Sie nicht einer Ihrer Gläubiger sind. Und daß es auch in unserer Welt noch so etwas wie Dankbarkeit gibt, davon berichtet die nächste Geschichte:

Köchin sucht Stellung

Eines Abends traf ich Betty. Betty Dworak. Ohne Hatschek. Hatschek nennt man das kleine Zeichen über dem »r«, das aus einem Dworak einen Dworschak macht. Ein Tscheche sagte mir einmal: »Jeder Dworschak, der den Hatschek verleugnet, ist ein Hochverräter.« Ich weiß nicht, nach wie vielen Jahrzehnten ich Betty zum erstenmal wiedersah. Als ich sie kennenlernte, war sie eine junge Schauspielerin, hübsch, schlank, quicklebendig – eine ideale Darstellerin für französische Stubenkätzchen. Die Zeit war nicht spurlos an ihr vorübergegangen. Sie war dick geworden, der Schmelz der Jugend, der sie so reizvoll gemacht hatte, war verschwunden – sie sah aus wie eine Fünfzigjährige, die erst vierzig ist. Es ging ihr nicht gut.

»Bist du noch beim Theater?« fragte ich.

»Ja«, sagte sie, »wenn auch ohne Engagement. Vor sechs Monaten spielte ich in einem Werbespot für Geschirrspülmaschinen eine Köchin, vor drei Monaten in einem anderen für Suppenwürze wieder eine Köchin. Jetzt soll ich in einem dritten, für Küchengeräte, abermals eine Köchin spielen, aber ich habe noch keinen Termin. Du siehst, davon kann man nicht leben. Vielleicht könntest *du* etwas für mich tun. Beim Fernsehen oder beim Film. Köchinnen braucht man doch immer, und ich wäre dir ewig dankbar.«

»Ich werde es versuchen. Gib mir deine Nummer.«

»Ich habe kein Telefon, wenn du aber 36 2 74 anrufst, das ist meine Nachbarin, ich bin mit ihr befreundet – sie holt mich zum Apparat.«

»In Ordnung.« Am nächsten Tag rief ich eine Fernsehfilmproduktion, Abteilung für Musik, an. »Ich habe da eine alte Freundin«, sagte ich, »die ein paar Drehtage brauchen könnte. Habt ihr nicht eine kleine Rolle – am besten eine Köchin?«

»Köchin?« fragte mein Sprechpartner. »Du kommst wie gerufen. Wir besetzen eben die Operette »Der Landstreicher«, und das einzige, was uns fehlt, ist die Hotelköchin. Es ist nicht viel, nur ein paar Sätze, aber drei Tage schauen heraus.«
Ich rief Bettys Nachbarin an. »Kann ich Betty sprechen?« fragte ich.
»Sind Sie der Herr, der ihr eine Rolle verschaffen wird?«
»Ja.«
»Ich hole sie! Einen Moment!«
Betty kam.
»Ich habe drei Drehtage für dich«, sagte ich. »Eine Hotelköchin. Geh sofort zur ›Telekunst‹, Abteilung für Musik, und berufe dich auf mich. Ich erwarte dich nachher im Sacher.«
Betty war vor mir dort. Ihr Gesicht sah nicht nach drei Drehtagen aus. »Die Köchin wurde gestrichen«, sagte sie.
»Macht nichts«, tröstete ich, »ich spreche morgen mit Zebisch. Soviel ich weiß, beginnt er nächste Woche mit einem Seeräuberfilm.«
»Du bist rührend«, sagte sie, »ich werde dir ewig dankbar sein.«
Ich rief Zebisch an.
»Eine kleine Rolle ...«, meinte er nachdenklich.
»Ja – am besten eine Köchin.«
»Das geht auf keinen Fall. Seeräuber haben keine Köchin. Ich könnte nur – Ihnen zuliebe – etwas hineinschreiben. Wir haben da eine Szene in einer Kaschemme ... man könnte einen Blick in die Küche werfen ...«
»Wunderbar!«
Ich rief die Nachbarin an.
»Ich werde sie rufen«, sagte die Frau, wenn auch nicht mehr so freundlich wie am Tag zuvor. »Aber wecken Sie keine falschen Hoffnungen in ihr. Sie hatte sich schon so auf das Engagement gefreut.«
»Ich auch«, versicherte ich ihr.
»Ja?« meldete sich Betty.
»Ich habe etwas für dich. Eine Köchin in einer Kaschemme. Geh zur ›Telecord‹, frage nach Regisseur Zebisch, ich warte nachher im Sacher.«
Ich wartete. Bald kam sie an. »Wieder nichts«, sagte sie. »Zebisch hat die Rolle hineingeschrieben, aber der Produzent hat abgelehnt. Er denkt nicht daran, eine Köchin zu bezahlen – der Wirt soll selber kochen. Was jetzt?«
Die Sache fing an, mir peinlich zu werden. »Ich bin froh«, sagte ich,

»daß nichts daraus geworden ist. Für eine Kaschemmenköchin bist du mir zu gut. Morgen rufe ich meinen Freund Rainer an. Er macht ein gesellschaftskritisches Fernsehspiel, das den britischen Hochadel aufs Korn nimmt. Es kommen einige Lords vor – einer von ihnen wird sicher eine Köchin brauchen.«
Ich rief Rainer an. »Rainer«, beschwor ich ihn, »wir sind alte Freunde. Denke an unsere Schultage, an unsere Indianerzeit! Wir stachen uns mit Stecknadeln in die Arme, damit unser Blut unsere Freundschaft besiegle! Wir sind Blutsbrüder, Rainer, wie Winnetou und Old Shatterhand! Laß deinen roten Bruder nicht im Stich! Ich brauche nicht viel von dir! Bloß ein paar Drehtage für eine ehemalige Freundin! Eine Spezialistin für Köchinnen! Bitte, bitte, bitte!«
»Du brauchst nicht zu bitten«, sagte Rainer, »du kommst wie gerufen. In meinem Fernsehspiel kommt eine Herrschaftsköchin vor, und die Person, die sie spielen sollte, hat eben ein ärztliches Attest geschickt. Scharlach. Schick mir deinen Schützling, ich habe mindestens acht Tage für sie.«
»Dank, Dank!« schluchzte ich. »Wir Indianer sind doch bessere Menschen!« Ich wünschte der unbekannten Schauspielerin nichts Schlechtes, aber ich dankte Gott, daß er den Scharlach erschaffen hatte. Ich rief die Nachbarin an.
»Schon wieder Sie?« fragte die Frau, ziemlich gereizt. »Sie halten Betty doch nur zum besten! Ich habe ihr, auf Ihre Versprechungen hin, bereits fünfhundert Schilling geborgt. Wie werde ich zu meinem Geld kommen?«
»Machen Sie sich keine Sorgen«, beruhigte ich sie. »Betty wird Ihnen schon in der nächsten Woche das Geld zurückzahlen. Im übrigen garantiere ich für die Summe, die sie Ihnen schuldet.«
»Wenn es so ist«, meinte die Frau etwas freundlicher, »werde ich Betty verständigen.«
»Hallo?« rief Betty.
»Diesmal habe ich etwas Feines für dich!« sagte ich stolz. »Eine Herrschaftsköchin! Mindestens acht Tage. Geh morgen zur ›Telebox‹ – ich warte im Sacher.«
Betty kam. Sie warf mir einen wütenden Blick zu.
»Was ist geschehen?« fragte ich besorgt.
»Es scheint mir«, entgegnete Betty, »daß es dir ein Vergnügen macht, mich zu allen möglichen Leuten zu schicken, nur um mich zu demütigen und zu hören, daß sie keine Verwendung für mich haben.«
»Aber wieso denn?« fragte ich fassungslos. »Rainer brauchte doch

eine Darstellerin für eine Herrschaftsköchin ...«
»Aber für eine junge!« fauchte Betty mich an. »Die Lady ist Lesbierin und hat mit der Köchin ein Verhältnis! Und selbst wenn ich jung wäre, hätte es nicht geklappt, weil das Drehbuch über Nacht umgeschrieben wurde. Jetzt ist der Lord homosexuell und hält es mit seinem Chauffeur!«
»Das konnte ich nicht wissen«, stammelte ich. »Aber mir fällt etwas ein. Diesmal garantiere ich, daß es perfekt wird.«
»Schön«, sagte sie. »Ich werde dir dankbar sein.« Das »ewig« ließ sie bereits weg.
Am nächsten Tag rief ich Produktionsleiter Lerch an. »Brauchen Sie keine Köchin?« jammerte ich.
»Brauchen könnten wir eine«, meinte er. »Sie wissen, daß meine Frau Cutterin ist und daß wir täglich in der Kantine essen müssen – aber wer kann sich heute eine Köchin leisten?«
»Sie haben falsch verstanden. Ich meine eine Filmrolle.«
»Ach so! Lassen Sie mich nachdenken. Wir drehen einen Krimi, aber an dem Buch wird noch gefeilt. Ich weiß wohl, daß eine Köchin vorkommt – die Köchin eines Generaldirektors –, aber was das für eine Rolle ist, weiß ich nicht.«
»Das ist auch ziemlich egal. Ich schicke Ihnen die betreffende Dame.«
Ich rief die Nachbarin an. Sie war ausgesprochen unfreundlich.
»Scheren Sie sich zum Teufel!« rief sie bissig. »Ich kann nicht dauernd unterwegs sein, um Ihre Betty zum Telefon zu holen! Wenn Sie sich mit ihr unterhalten wollen, richten Sie ihr eine Wohnung ein! Das habe ich schon gern, wenn ältere Herren sich Freundinnen halten und dann noch verlangen, daß sie verdienen sollen!« Sie brummte noch etwas, aber sie machte sich auf den Weg.
»Was willst du schon wieder?« fragte Betty ungehalten.
»Ich habe eine Rolle für dich«, versuchte ich zu jubeln.
»Ich glaube dir nicht mehr. Laß mich in Frieden!«
»Betty!« flehte ich. »Ich schwöre es dir! Geh morgen zur ›Televox‹ – es ist eine Köchin bei einem Generaldirektor! In einem Krimi – du wirst zufrieden sein. Ich warte im Sacher.«
Betty kam. Aber wie!
»Was ist geschehen?« fragte ich erschrocken. »Was ist mit dem Generaldirektor? Hat er keine Köchin?«
Betty warf mir einen vernichtenden Blick zu. »Er hat eine Köchin«, sagte sie, »aber eine Köchin, die gleich zu Beginn als Wasserleiche aus der Donau gefischt wird. Und dazu nehmen sie eine Puppe!«

Die letzten Worte schrie sie mir ins Gesicht, mit der ganzen Verachtung, deren sie fähig war. Ich spürte ein Gefühl der Nichtigkeit in mir aufsteigen.
»Betty«, bat ich. »Gib mir noch *eine* Chance!«
»Nein!« sagte sie brutal.
»Betty!« beschwor ich sie. »Nur eine einzige! Denke, was zwischen uns gewesen ist!«
»Gut«, sagte sie frostig, »du sollst deine Chance haben. Es ist die letzte.«
Ich warf mich auf die Knie, umklammerte ihre Füße und küßte den Saum ihres Kleides. »Ich werde dir ewig dankbar sein ...«, sagte ich mit erstickter Stimme.
Dann schleppte ich mich zum Telefon und rief Dornberger an. Dornberger ist ein Regieassistent, der sich immer entweder im Landesgericht oder in Geldschwierigkeiten befindet.
»Ich brauche eine Rolle«, bestürmte ich ihn, »wenn sie noch so klein ist. Eine Köchin. Ich lasse mich die Sache gern etwas kosten.«
»Wieviel?«
»Handeln wir nicht.«
»Fünftausend?«
»Handeln wir.«
»Drei?«
»Zwei.«
»Okay. Rufen Sie mich in einer Stunde noch einmal an.«
Ich rief an.
»Die Rolle ist da«, sagte er. »Eine Köchin in einem Rasthaus.«
»Sie sind ein Wunder! Wann kann ich den Vertrag haben?«
»Holen Sie ihn.«
Ich holte ihn und rief die Nachbarin an. »Sie Schuft!« begrüßte sie mich. »Danken Sie Gott, daß Betty eine so friedfertige Person ist. Von mir hätten Sie längst zwei Ohrfeigen bekommen!«
»Beruhigen Sie sich«, bat ich. »Diesmal habe ich bereits den Vertrag, diesmal geht es in Ordnung. Betty soll ins Sacher kommen.«
Betty kam. »Was willst du noch von mir?« fragte sie eisig.
»Hier ...!« Ich stammelte wie ein Verrückter. »Vertrag ...!«
»Für wann?«
»Für übermorgen.«
»Übermorgen kann ich nicht«, kam es stolz zurück. »Übermorgen drehe ich den Werbespot für Küchengeräte.« Sprach's, und ließ mich sitzen.
Wenn ich überschlage, was mich das alles gekostet hat? Vier

Abendessen für zwei Personen im Sacher sind rund viertausend Schilling, Dornberger schickte ich die versprochenen zweitausend, und von der Nachbarin bekam ich folgenden Brief: »Da Sie sich seinerzeit verpflichteten, für die Summe, dir mir Frau Betty Dworak schuldet, aufkommen zu wollen, teile ich Ihnen mit, daß diese inzwischen auf fünftausend Schilling angewachsen ist. Wenn Sie nicht binnen ...«
Ich wartete nicht, ich bezahlte.

Und die Lehre, die ich daraus gezogen habe? Ich habe mir vorgenommen, in Hinkunft nur noch Rollen für Darstellerinnen von Köchinnen zu schreiben. Ich könnte Freunde haben, die sie für ehemalige Freundinnen brauchen.
Meine nächsten Pläne? Bearbeitungen der musikalischen Werke: »Die Csárdásköchin«, »Köchin Mariza« und »Meine Köchin und ich«!

Frauen gleichen der Einsteinschen Relativitätstheorie: ich verstehe sie nicht.

Was ist geschehen?

Meine Frau kam zur Tür herein.
»Servus!« sagte sie.
»Servus!« klapperte ich zurück. Nicht mit den Zähnen, sondern auf der Schreibmaschine. Ich arbeitete. Ich arbeite gern, denn die Frucht meiner Arbeit ist das, was meine Fans mit »Witz« bezeichnen, meine wohlmeinenden Kritiker mit »Humor«, meine Verreißer mit »Klamotte«. Ich selbst möchte es bescheiden »Genie« nennen.
»Na?« hörte ich meine Frau fragen.
»Na?« klapperte ich zurück.
»Schaust du mich nicht an?«
»Aber ja!« Ich blickte auf. Da stand sie – herausfordernd wie die Krieger Cäsars gegen die Anhänger des Pompejus, in der Schlacht bei Thapsus, anno 46 v. Chr.
»Fällt dir nichts auf?«
Ich zögerte. »Nein«, sagte ich. Irgend etwas mußte es aber sein, sonst hätte sie mich nicht gefragt. »Das heißt«, setzte ich deshalb auf gut Glück hinzu, »du bist blaß.«
»Sonst nichts?«
Der Ton gefiel mir nicht. Cäsar ließ zum Angriff blasen.
»Was ist geschehen?« fragte ich besorgt.
»Geschehen! Du gebrauchst immer so große Worte. Es muß ja nicht gleich etwas geschehen sein!« Die römischen Truppen setzten sich in Bewegung.
»Gib mir einen Anhaltspunkt«, bat ich. »Hast du dich vielleicht mit Mela zerstritten?« Mela ist die Frau Dr. Robinsons.
»Mit Mela? Wie kommst du darauf?«
»Du hast mir neulich gesagt, daß dir Hermi gesagt hat, daß ihr Mela gesagt hat, daß *du* gesagt hast, daß deine Krokotasche zehntausend Schilling gekostet hat und daß das eine Lüge ist.«
»Ich habe dir aber auch gesagt, daß sie gesagt hat, daß ich nicht sagen soll, daß sie es mir gesagt hat.«

»Du könntest aber vielleicht trotzdem gesagt haben –«
»Nichts könnte ich gesagt haben! Wenn ich sage, daß ich etwas nicht sage, dann sage ich es nicht.« Cäsar rückte vor.
»Was ist also geschehen? Hast du dich vielleicht mit Inge versöhnt?«
»Mit Inge? Nach dem, was sie mir angetan hat?«
»Was hat sie dir angetan? Ich weiß es nicht mehr.«
»Ich auch nicht, aber ich weiß, daß ich damals geschworen habe, daß ich ihr das nie vergessen werde.«
Was ist geschehen? Ich zermarterte mir das Hirn. »Bist du vielleicht, Gott behüte, über die Treppe gestürzt?«
»Ich? Da hätte ich mir doch zumindest den Knöchel verknackst. Da – schau her!« Sie begann zu tanzen, machte Cancan-Schritte, warf die Beine – Toulouse-Lautrec hätte seine Freude an ihr gehabt.
»Was ist geschehen?« fragte ich sie wieder, diesmal mit der Verzweiflung des Hoffnungslosen.
»Vielleicht nichts«, lächelte sie spöttisch. Cäsar wirft die X. Römische Legion in den Kampf. In den Reihen der Pompejaner herrscht Verwirrung.
»Hör zu«, sagte ich. »Wenn eine Frau sich hinstellt und fragt: ›Schaust du mich nicht an?‹ und ›Fällt dir nichts auf?‹, dann *muß* etwas geschehen sein. Hattest du vielleicht einen Verkehrsunfall?«
»Genau das. Ein Auto hat mich erfaßt, hat mich auf das Dach eines Hauses geschleudert, die Feuerwehr hat mich heruntergeholt, und jetzt liege ich seit zwei Stunden bewußtlos im Spital.«
»Mit solchen Dingen zu scherzen, finde ich unverständlich.«
»Ich finde es unverständlicher, daß du nicht merkst, was geschehen ist.«
Es war also doch etwas geschehen. Aber was? Ich grübelte und grübelte. Die Pompejaner machen den Versuch eines Gegenstoßes.
»Bist du vielleicht Tante Martha begegnet?«
»Das du immer gleich das Schlimmste annimmst. Wenn du's hören willst: nein!« Pompejaner zurück. »Es könnte mir doch auch etwas Angenehmes zugestoßen sein?!«
Es war ihr etwas zugestoßen. Aber was? Was?
»Ha!« stieß ich endlich erleichtert hervor und unterstützte damit die Pompejaner bei dem Versuch, Cäsar von der Flanke her anzugreifen. »Dein Kleid!«
»Was?«
»Es ist neu!«

»Das?«
»Ja!«
»Nein!« Angriff abgeschlagen. »Du selbst hast es mir vor fünf Jahren aus Paris mitgebracht. Damals war es scheußlich – heute ist es modern.«
»Aber du hast es nie getragen.«
»Haha!« lachte sie, aber sie lachte nicht so, wie man lacht, wenn einem nach Lachen zumute ist. »Ich habe es gestern getragen, Mittwoch getragen, und vor zwei Jahren am ersten Weihnachtsfeiertag getragen. Du hattest Grippe, wir hatten keine Gäste, und so konnte ich es riskieren.«
Wieder nichts. *Was* war geschehen? »Hast du vielleicht Ladi getroffen?«
»Ja.«
Das war es also. »Was hat er wieder angestellt?«
»Nichts. Er ist mit einem Schulkollegen an mir vorübergegangen und hat mich sehr artig gegrüßt.«
Auf den Lausbuben ist auch kein Verlaß mehr. Übrigens, wie konnte ich auf Ladi kommen? Sie hatte doch durchblicken lassen, daß ihr etwas Angenehmes zugestoßen war. Und Ladi zu treffen, ist nicht immer angenehm. Als ich neulich von seinen Eltern kam, merkte ich, daß alle hinter mir gehenden Passanten versuchten, mich zu überholen, um mir ins Gesicht zu lächeln. Ich freute mich über den Grad meiner Bekannt- und Beliebtheit, aber es war nicht das. Ladi hatte mir hinten ein Schild angeheftet: Achtung! Anfänger!
Aber zurück zu meiner Frau. Was war geschehen? Ich will die Sache nicht in die Länge ziehen. Ich fragte sie, ob sie ihren Schirm verloren habe, ihre Geldbörse, ihre Armbanduhr. Ob der Solitär verschwunden sei, die Wohnungsschlüssel, der Kater. Ob wir eine schlechte Nachricht erhalten hätten, einen Drohbrief, eine Steuervorschreibung. Ob sie sich verliebt habe, ob sie sich scheiden lassen wolle, ob der Hochzeitstermin bereits angesetzt sei. Nichts von alledem. Sie sah mich gereizt an – Cäsar und Pompejaner schlugen sich im Nahkampf – Cato suchte den Freitod – Cäsar triumphierte – er verließ das Zimmer und warf die Tür mit einem »Bum!« hinter sich zu, daß kleine Mauerteilchen von der Decke auf mein spärliches Haar fielen. Haar! Jetzt wußte ich es: was mir hätte auffallen sollen, war ihre neue Frisur!
Seither sagte ich immer, wenn sie vom Friseur kam: »Du hast eine neue Frisur!« Niemals traf es zu. Immer wieder verließ sie das Zimmer, immer wieder warf sie die Tür mit einem »Bum!« hinter

sich zu, immer wieder fielen kleine Mauerteilchen von der Decke auf meinen Kopf. Ich beschloß, meine Taktik zu ändern. Als sie das nächste Mal vom Friseur kam, sagte ich: »Du hast eine neue Nagelfarbe!« Raus, Tür, bum, Mauerteilchen. Was war geschehen?
Sie hatte eine neue Frisur!

Frauen lassen sich gern verschönern, man soll es bloß nicht merken. Aber wehe, man merkt es nicht!

Erfolg allein ist nicht wichtig, man muß auch die Ausdauer haben, ihn zu erleben. Das beweist das folgende Beispiel:

Die Laviere

Wandl machte seinen Morgenspaziergang. Seinen gewohnten Morgenspaziergang. Seit drei Jahren, seit ihn der Staat in Pension geschickt hatte, war noch kein Tag vergangen, an dem er diesen Spaziergang nicht gemacht hätte. Wandl war Staatsbeamter gewesen. Ein kleiner, aber ein perfekter Staatsbeamter. Der Staat konnte sich auf ihn verlassen. Er war nicht bestechlich, und wenn er im Amt einen Disput hatte und eine Partei ihm sagte: »Nehmen Sie doch Vernunft an!« dann sagte er: »Ich darf nichts annehmen, ich bin Staatsbeamter.« Wandl war ein korrekter Staatsbeamter gewesen. Wehe, wenn in einem Akt die Zeilen nicht genau aufeinander ausgerichtet waren, und dreimal wehe, wenn ein Buchstabe fehlte. Das regte ihn besonders auf, das fand er unverzeihlich. Und nun war er in Pension und machte seinen Morgenspaziergang. Täglich denselben. Er ging durch den Stadtpark, fütterte die Vögel, kam gegenüber dem Luegerplatz wieder heraus und ging durch die Wollzeile nach Hause. Seit drei Jahren. Sein Leben verlief gleichförmig, friedlich, ohne Emotion. Eines Tages, plötzlich, packte ihn die Abenteuerlust. Er beschloß, nicht durch die Wollzeile nach Hause zu gehen, sondern einen andern Weg einzuschlagen. Er kam sich vor wie in einer fremden Welt. Die Häuser, die Geschäfte – alles war ihm neu. Auch die Musikinstrumentenhandlung auf der andern Seite der Straße. Er blieb stehen, betrachtete die schmucke Fassade – plötzlich erstarrte sein Blick. Da stand doch wahrhaftig auf einem der drei Schaufenster in protzigen Goldbuchstaben: LAVIERE. Da es sich um eine Musikinstrumentenhandlung drehte und in besagtem Schaufenster zwei Klaviere standen, gab es eigentlich keinen Zweifel, was mit LAVIERE gemeint war. Trotzdem! Ein fehlender Buchstabe? Wandl sah rot. Er überquerte die Straße und sagte zu einem jungen Mann, der an der Tür des Geschäftes stand: »Ich möchte ein Lavier haben.«
»Ein – was?«
»Ein Lavier.«

LAVIERE

»Sie meinen ein *Kla*vier.«
»Ich meine ein *La*vier. Auf dem Schaufenster steht doch, daß Sie Laviere haben.«
»Da fehlt das K«, sagte der junge Mann. »Das hat einmal der Sturm losgelöst, und jetzt bleibt es so, bis wir einmal renovieren.«
»Denken Sie«, meinte Wandl ironisch. »Ich garantiere Ihnen, daß es *nicht* so bleiben wird! Wenn Sie Laviere anbieten und dann keine haben, ist das eine Irreführung der Öffentlichkeit.«
Jetzt wurde auch der junge Mann ungehalten. »Hören Sie«, sagte er, »das weiß doch jeder Trottel, daß mit Laviere Klaviere gemeint sind!«
»*Ich* weiß es *nicht*!« sagte Wandl gereizt. »Ein fehlender Buchstabe ist eine Umweltverschandelung! Ich komme morgen wieder! Wenn dann das K nicht da ist, werde ich mich beschweren!«
»Beschweren Sie sich!« rief ihm der junge Mann nach. »Aber nicht bei mir!«
Erbost kam Wandl nach Hause. Den ganzen Tag dachte er an die Laviere, und in der Nacht konnte er nicht schlafen. Aber er war überzeugt, daß er dem jungen Mann einen Schrecken eingejagt hatte, und daß er morgen das fehlende K sehen würde.
Am nächsten Tag verzichtete er auf seinen Morgenspaziergang und nahm sofort den Weg Richtung Instrumentenhandlung. Auf dem gegenüberliegenden Gehsteig blieb er stehen und blickte hinüber – was sah er? LAVIERE. Zitternd vor Wut ging er wieder nach Hause. Er mußte sich beschweren, aber wie und wo? Endlich hatte er eine Idee. Er setzte sich zur Schreibmaschine und schrieb an die meistgelesene Wiener Tageszeitung folgenden Leserbrief: »Sehr geehrter Herr Redakteur! Auf meinem Weg durch die Stadt kam ich heute an einer Musikinstrumentenhandlung vorüber, an deren Schaufenster statt KLAVIERE LAVIERE steht. Das ist eine Verunglimpfung der deutschen Sprache. Man kann ja auch nicht AILAND schreiben, wenn es MAILAND – oder ARSCHAU, wenn es WARSCHAU heißen soll. Wie sollen unsere Kinder zu ordentlichen Menschen heranwachsen, wenn sie am Schaufenster einer Musikinstrumentenhandlung das Wort ›laviere‹ lesen? Lavieren heißt, laut einem Deutschen Wörterbuch: manövrieren, sich durchschlängeln, den Mantel nach dem Wind drehen, mit dem Strom schwimmen, mit den Wölfen heulen, sich nicht festlegen, einen Eiertanz vollführen, niemand auf den Fuß treten, sich diplomatisch verhalten. Ich frage Sie, was hat das mit einem Musikinstrument zu tun? Ein empörter Steuerzahler!«
Zwei Tage später erschien der Brief in der Zeitung. Befriedigt

wartete Wandl zwei weitere Tage – schließlich mußte man dem Geschäftsinhaber die Gelegenheit geben, einen Arbeiter zu finden, der so freundlich war, das K anzukleben –, dann machte er sich auf den Weg. Eine fröhliche Denen-hab-ich's-gezeigt-Melodie pfeifend, näherte er sich der Instrumentenhandlung. Er blieb stehen, blickte erwartungsvoll hinüber – was stand dort? LAVIERE. Nun begann es in ihm zu kochen. Er ging in die nächste Telefonzelle, suchte die Nummer des Geschäftes und rief mit verstellter Stimme an: »Hier ist der Graue November. Wir geben Ihnen 24 Stunden Zeit. Wenn bis dahin auf Ihrem Schaufenster nicht ›Klaviere‹ anstatt ›Laviere‹ steht, sprengen wir Ihren Laden in die Luft! Ende!«
Wandl rieb sich die Hände. Das hatte er gut gemacht. Heutzutage kommt man den Menschen nur mit der Angst bei. Er hörte im Geist den Chef und die Angestellten des Geschäftes vor Furcht mit den Zähnen klappern und sah, wie sie mit vereinten Kräften, jede Überstunde ignorierend, noch in derselben Nacht das fehlende K anbrachten. 24 Stunden nach dem Anruf machte er sich siegessicher auf den Weg. Gegenüber der Instrumentenhandlung blieb er stehen, blickte höhnisch lächelnd hinüber – was las er? LAVIERE. Das Blut stieg ihm zu Kopf. Was konnte er noch tun? Er verbrachte einen unruhigen Tag. Am Abend, anstatt sich wie gewöhnlich zum Fernsehen zu setzen, trieb es ihn auf die Straße. Auf dem Weg durch einen Park wurde er von zwei Strolchen überfallen. Aber anstatt um Hilfe zu rufen, strahlte er. Er hatte eine Idee, und er teilte sie den beiden mit.
Tags darauf stand es in allen Zeitungen: »Menschenraub in Wien! Kommerzialrat Ernst Wechsler, 74, Chef der bekannten Musikinstrumentenhandlung Wechsler, wurde heute morgen, als er aus seinem Wohnhaus trat, von unbekannten Tätern entführt. Von den Verbrechern fehlt jede Spur. Da sie sich bisher noch mit keiner Stelle in Verbindung gesetzt haben, ist es völlig unklar, welche Bedingungen sie für die Freilassung ihres Opfers stellen werden.« Und unter »Letzte Nachrichten« konnte man lesen: »Die Verantwortung für den Menschenraub haben bis Redaktionsschluß folgende Organisationen übernommen: Schwarzer September, Söhne Palästinas, Linke Moslems, Symbionistische Befreiungsarmee, Baader-Meinhof, Tupamaros, Utascha und IRA.«
Wandl, im Gefühl seines Triumphes, bastelte einen Brief. Er nahm ein paar Zeitungen, schnitt mit der Schere verschiedene Buchstaben heraus, formte sie zu Silben, die Silben zu Wörtern, die Wörter zu Sätzen, klebte sie auf einen Bogen Papier, steckte diesen in einen

Umschlag und schickte ihn an die bereits erwähnte Tageszeitung. Das Blatt druckte ihn sofort ab: »Wir sind die Kidnapper Ernst Wechslers. Wir verlangen weder ein Lösegeld noch ein Fluchtfahrzeug, noch die Freilassung von gefangenen Palästinensern. Was wir fordern, ist, daß auf dem Schaufenster von Wechslers Instrumentenhandlung nicht länger ›LAVIERE‹, sondern ›KLAVIERE‹ steht. Wir geben den dafür Verantwortlichen 12 Stunden Zeit. Unser Ultimatum läuft um 17 Uhr ab!«
Um 17 Uhr war die ganze Stadt auf den Beinen, die Polizei wurde in Bereitschaft versetzt, das Geschäft wurde bewacht, im Bundeskanzleramt tagte ein permanenter Krisenstab. Wandl, ein kleiner Napoleon, näherte sich der Stätte seines Unmuts. Eine dichte Menschenmenge hatte sich angesammelt. Alle wollten dabei sein – egal, was geschieht. Wandl bahnte sich einen Weg durch das Gedränge. Triumphierend schickte er seinen Blick zu dem Schaufenster hinüber – und las: LAVIERE! Er wurde bleich. Erregt wandte er sich an einen Mann, der neben ihm stand: »Werden die Leute aus dem Geschäft das nicht ausbessern?« fragte er.
»Ach wo!« lachte der Mann. »Die haben vorige Woche den Laden von Wechsler – gegen Bezahlung einer lebenslänglichen Leibrente – übernommen. Die sind froh, wenn er nicht mehr auftaucht!«
Wandl trafen diese Worte, wie man zu sagen pflegt, wie ein Keulenschlag. Er wankte nach Hause, Wechsler wurde freigelassen, Wandl wurde verrückt. Sein Arzt wies ihn in eine psychiatrische Klinik ein.
Am nächsten Morgen holte ihn der Sanitätswagen ab. Als er ihn an der Instrumentenhandlung vorüberfuhr, stand an dem bewußten Schaufenster in neuen goldenen Lettern: KLAVIERE.

Wandl hat es nicht mehr mitgekriegt.

Man soll seinen Kindern schon in der frühesten Jugend beibringen, immer im Leben die Wahrheit zu sagen – außer man ist überzeugt, daß sie einmal perfekte Lügner werden können.

Der Lügenbaron

Eines Tages fragte mich mein Neffe Ladi, 10: »Was ist das – ein Münchhausen?«
»Warum willst du das wissen?« erkundigte ich mich. Wenn Ladi etwas fragt, ist es immer angezeigt, zuerst nach dem Warum zu forschen, weil seine Neugier manchmal sehr unangenehm werden kann. Einmal, im Alter von sechs, besuchte er mit seiner Mutter eine Tante, die in einer Klinik lag. Während sich die beiden Frauen miteinander unterhielten, fragte er eine Dame, ebenfalls eine Patientin: »Wie lange liegst du schon hier!«
»Sechs Wochen«, sagte die Dame.
»Zeig mir dein Kind«, bat Ladi.
Die Dame lächelte. »Ich habe kein Kind.«
Ladi sah sie verwundert an. »Da nimm dir ein Beispiel an meiner Tante«, sagte er. »Die liegt erst zwei Tage hier und hat schon Zwillinge!«
Deshalb fragte ich ihn, als er erfahren wollte, was ein Münchhausen sei: »Warum willst du das wissen?«
»Weil unser Lehrer heute zum Lechner gesagt hat, daß er ein Münchhausen ist.«
»Da hat er den Lechner wahrscheinlich bei einer Lüge ertappt.«
»Ja. Dabei war es keine richtige Lüge.«
»Wieso nicht?«
»Weil der Lechner gestern den Lehrer gefragt hat, ob er nachmittag fehlen darf, er muß zu seinem Zahnarzt gehen – und dann hat ihn ein anderer Bub beim Fußballmatch gesehen.«
»Also war es doch eine Lüge.«
»Nein.«
»Wieso nicht?«
»Weil es ein Spiel zwischen Apothekern und Zahnärzten war, und sein Zahnarzt war Mittelstürmer.«
»Hm!« Ich räusperte mich. »Freiherr von Münchhausen war ein

Offizier, der durch unglaubliche Kriegs-, Jagd- und Reiseabenteuer, die er im Freundeskreis erzählte, bekannt wurde. Später dichtete man ihm alle möglichen Lügen an, und wenn heute einer lügt, sagt man von ihm, er ist ein Münchhausen.«
»Aha!« sagte Ladi, sonst nichts. Aber dieses »Aha« hätte mir zu denken geben müssen. Leider bin ich ein naiver Mensch. Am nächsten Tag rief Pfandl an: »Ich wollte dir nur mein Bedauern aussprechen.«
»Wozu?«
»Zu dem Malheur mit deiner Wohnung. Es muß furchtbar sein.«
»Was?«
»Das Malheur mit deiner Wohnung.«
»Was für ein Malheur? Was für eine Wohnung?«
»Es freut mich, daß du es nicht zu schwer nimmst.«
»Was?«
»Das Malheur mit deiner Wohnung.«
»Langsam. Sag mir, was für ein Malheur du meinst.«
»Das Malheur mit deiner Wohnung.«
»Was gibt es mit meiner Wohnung für ein Malheur?«
»Sie ist doch ausgebrannt.«
»Was?«
»Deine Wohnung.«
»Hör zu: Ich stehe hier in meiner Wohnung – es gibt kein Malheur, sie ist nicht ausgebrannt.«
»Ich verstehe, daß du es noch nicht sagen willst. Vielleicht wegen der Versicherung.«
»Wegen was für einer Versicherung?«
»Wegen der Feuerversicherung. Wahrscheinlich willst du erst den Schaden berechnen.«
»Was für einen Schaden?«
»Von dem Malheur in deiner Wohnung.«
»Jetzt habe ich genug!« schrie ich wütend. »Wenn du mich zum Narren halten willst, dann –«
»Bitte, bitte!« unterbrach er mich beleidigt. »Ich dachte, daß wir Freunde wären.«
»Sind wir ja auch!« sagte ich verzweifelt. »Aber –« Schluß. Er hatte den Hörer aufgelegt. Ich dachte nach. Wie kam er auf die Idee, daß meine Wohmung ausgebrannt sei? Unwillkürlich sah ich mich um, ob nicht vielleicht doch ein kleines Feuer – da läutete wieder das Telefon. Es war mein Kollege Mario, ein Schlagerdichter.
»Reg dich nicht auf«, sagte er mit einer merkwürdig umflorten Stimme. »Ich muß dir eine furchtbare Nachricht überbringen.«

»Was ist los, um Gottes willen?«
»Setz dich zuerst hin – ich weiß, wie es dich treffen wird. Du warst ja viel besser mit ihm als ich.«
»Mit wem? Was ist passiert?«
»Sitzt du?«
»Ja.«
»Poldi hat heute nacht seine Frau erschlagen.«
»Nein!!!«
»Leider.«
»Ich weiß, daß sie nicht gut miteinander gelebt haben«, stammelte ich entsetzt. »Aber Poldi? Und auf diese Weise?«
»Wir müssen ihm irgendwie helfen.«
»Ich rufe sofort Dr. Robinson an. Er muß mir den besten Verteidiger nennen.«
»Tu das. Du hörst später nochmals von mir. Tschau!«
»Tschau!« Ich wählte die Nummer Robinsons. »Robinson? Etwas Schreckliches ist geschehen! Poldi hat seine Frau erschlagen!«
»Poldi?!?«
»Ja. Du weißt bestimmt einen erstklassigen Verteidiger. Kosten spielen keine Rolle.«
»Da gibt es nur Dr. Ammerland. Hoffentlich hat er Zeit. Ich rufe ihn sofort an und melde mich dann bei dir.«
»Ist gut!« Wir legten auf. Ich wollte die furchtbare Neuigkeit meiner Frau erzählen – da – wieder das Telefon. Es war Poldi.
»Poldi!« sagte ich erschüttert. »Wie konntest du dich so hinreißen lassen!«
»Du weißt es schon?« fragte Poldi, wie ich fand, etwas zu fröhlich für seine Lage.
»Mario hat mich verständigt. Robinson besorgt dir einen tüchtigen Verteidiger. Dr. Ammerland.«
»Ich brauche keinen Verteidiger«, meinte Poldi etwas verwundert. »Es geschah ja auf ihr Verlangen.«
»Auf ihr Verlangen?«
»Ja. Wir haben wieder einmal gestritten – und da hat sie mir den Vorschlag gemacht.«
»Sie dir???«
»Ja. Ich hätte mich doch nie getraut.«
»Du kannst mir doch nicht einreden, Poldi, daß sie dir den Vorschlag gemacht hat, sie zu erschlagen!«
»Erschlagen? Wieso?«
»Poldi, wenn du jetzt Sinnesverwirrung vortäuschen willst – das nimmt dir kein Richter von der ganzen Welt ab.«

»Sinnesverwirrung? Ich war schon lang nicht so bei Verstand wie heute. Du selbst hast mir doch oft genug den Rat gegeben.«
»Jetzt red' dich bloß nicht auf mich aus ...«
»Ich weiß nicht, warum du so entsetzt bist?! Ich bin sie los! Es wird alles wieder sein wie früher! Und sie will nichts von mir! Sie will nur frei sein!«
»Wovon sprichst du?«
»Von meiner Scheidung! Meine Frau läßt sich scheiden!«
»Scheiden?«
»Ja!«
»Du hast sie nicht erschlagen?«
»Wie kommst du darauf?«
»Wir reden später. Jetzt muß ich sofort Robinson anrufen.«
Ich rief an.
»Du bist es!« sagte Robinson voller Freude. »Eben wollte ich *dich* anrufen. Es ist mir gelungen. Ammerland übernimmt den Fall!«
»Hör gut zu, Robinson: Es war ein Irrtum. Poldi hat seine Frau nicht erschlagen, sie lassen sich bloß scheiden.«
»Warum hast du mir dann erzählt –? Das verstehe ich nicht.«
»Ich verstehe es auch nicht. Ich hatte es von Mario. Du mußt Ammerland absagen.«
»Das kann ich nicht.«
»Du mußt!«
»Das ist unmöglich. So ein prominenter Kollege. Schließlich hat er es mir zuliebe getan.«
»Wenn aber Poldi seine Frau nicht erschlagen hat?«
»Dann *soll* er sie erschlagen!« rief Robinson wütend. »Und dich dazu!« Mit einem Fluch knallte er den Hörer auf die Gabel.
Es läutete an der Tür. Ich öffnete – draußen stand Hermine Goldmann mit Rosen in der Hand.
»Du Ärmster!« sagte sie mitleidig. »Wo ist sie?«
»Wer?«
»Deine Frau.«
»Warum?«
»Ich möchte sie besuchen. Ich habe ein paar Rosen mitgebracht. Sie soll sich nichts draus machen, wer weiß, wozu es gut ist. Ich habe es auch erst als Erwachsene bekommen.«
»Was?«
»Scharlach.«
»Scharlach? Meine Frau hat Scharlach?«
»Weißt du es denn nicht?«
»Ich weiß überhaupt nichts mehr!«

Im selben Moment kam meine Frau herein.
»Du bist nicht im Bett?« fragte Hermine entsetzt.
»Nein«, sagte meine Frau verwundert.
Jetzt wurde es mir zuviel. »Weißt du nicht«, schrie ich, »daß man mit Scharlach nicht spaßt? Überhaupt wenn man ihn als Erwachsener bekommt?«
»Doch, das weiß ich. Aber wer hat hier Scharlach?«
»Du!«
»Weiß sie es denn nicht?« wandte sich Hermine an mich.
»Anscheinend. Ich wußte es ja auch nicht. Übrigens« – mir begann ein Licht aufzugehen – »von wem weißt *du* es?«
»Ladi hat es mir erzählt. Du hast ihn doch heute früh getroffen und hast es mir sagen lassen ...«
»Ich habe ihn weder getroffen, noch habe ich dir etwas sagen lassen.«
»Das verstehe ich nicht ...«
»Ich schon. Geh nach Haus, und gib ihm zwei Ohrfeigen. Eine für mich – die zweite für Baron Münchhausen!«
Die beiden Frauen sahen mich verständnislos an.

Als Ladis Vater von der Sache hörte, nahm er sich seinen Sohn vor, sagte ihm die Worte des Pylades aus Goethes »Iphigenie«: »Zwischen uns sei Wahrheit!« – und gab ihm eine dritte.

Kollege Mark Twain sagte: »Wenn man einen Menschen mit einer Katze kreuzen könnte, würde das den Menschen auf- und die Katze abwerten.« Und Mark Twain hatte recht. Es gibt kaum einen Menschen, der so liebenswert und so eigenwillig, so selbstbewußt und so charaktervoll sein kann wie eine Katze. Und so klug. Was ich niemals für möglich gehalten hätte, trat ein:

Jacky schreibt eine Geschichte

Bei mir handelt es sich um einen Kater. Um einen Kater und um ein Bild. Und um einen Maler. Und um einen Maler und um einen Dichter. Um einen Maler, der ein Bild gemalt hat, das einen Kater zeigt, der zu Füßen seines Herrn, eines Dichters, liegt und schläft. Vielleicht ist es auch eine Katze, so genau ist das auf dem Bild nicht zu sehen, und daß der Herr ein Dichter ist, glaube ich daran zu erkennen, daß er, einen Gänsekiel in der Hand, an seinem Schreibtisch sitzt und ein besorgtes Gesicht macht.

Nun bin auch ich, wie meine Leser wissen, im Besitz eines Katers – des Katers Jacky –, und da ich auch ein Dichter bin, der oft mit besorgtem Gesicht an seinem Schreibtisch sitzt, heimelte mich das Bild derartig an, daß ich beschloß – nicht vielleicht es zu kaufen – nein! Es heimelte mich derartig an, daß ich beschloß, Jacky so weit zu bringen, daß er, während ich arbeite, zu meinen Füßen liegt und schläft.

Nun bin ich aber ein moderner Dichter, der keinen Gänsekiel benützt, sondern eine elektrische Schreibmaschine, und das machte mein Vorhaben schwierig. Das Geräusch dieser Schreibmaschine ist für Jacky ein Greuel, und kaum setze ich mich an den Schreibtisch, flitzt er aus dem Zimmer und unters Bett. Das mußte ich ihm also als erstes abgewöhnen. Ich schloß alle Türen meines Arbeitszimmers, so daß ein Ausreißen unmöglich war, und setzte mich an den Schreibtisch, vorerst ohne die Maschine einzuschalten. Ich mußte ihm ja Vertrauen einflößen. Trotzdem begann er bereits mißtrauisch zu miauen.

»Komm, Jacky!« sagte ich leise.

Jacky sah sich nach einem Fluchtweg um. Da er bemerkte, daß ich alle Möglichkeiten abgeschnitten hatte, zog er sich in die äußerste

Ecke des Raumes zurück.
»Komm, Jacky!« lockte ich. Jacky begann zu winseln. »Na, komm«, wiederholte ich, »du bist doch ein kluges Tier!« Zu klug, schien Jacky zu denken, um dir auf den Leim zu gehen.
»Komm, Jacky!« gurrte ich schmeichelnd – ungefähr so, wie Frau Potiphar gegurrt haben mag, als sie den keuschen Josef verführen wollte. Jacky kam nicht. Ich erinnerte mich, daß es einen alten Lockruf für Katzen gibt. »Mieze, Mieze, Mieze!« sagte ich. Jacky sah mich verwundert an. Das hatte er noch nie gehört.
»Na, komm!« versuchte ich es und machte: »Miau, miau, miau!« Jacky lachte. Nun probierte ich es mit Strenge. »Komm!« sagte ich energisch. Jacky setzte sich in Ballettstellung und leckte seinen ausgestreckten rechten Hinterfuß mit der Zunge. »Komm!« sagte ich drohend. Er nahm keine Notiz von mir. Nun wurde ich wütend. »Komm!« schrie ich, »sonst erlebst du was!« Er sah mich an, als wollte er sagen: So nicht, mein Freund! So spricht man nicht mit mir!
Ich versuchte es also nochmals mit aller Liebenswürdigkeit, über die ich verfügte. »Komm, Jacky! Komm zum Herrchen!« Und da – ich hielt es nicht für möglich – kam er einen Schritt näher. Das war also der richtige Ton. »Komm!« hauchte ich noch liebenswürdiger als zuvor. Er näherte sich, wenn auch nur um ein kleines Stück. »Komm!« lockte, balzte, säuselte ich. Jetzt war er da. »Brav!« lobte ich ihn. »Und jetzt leg dich hin und schlafe!«
Jacky sah mich verwundert an. Warum soll ich mich hinlegen und schlafen, fragten seine Augen, ich habe den ganzen Vormittag geschlafen. »Leg dich«, sagte ich freundlich, »streck dich zu meinen Füßen aus – Herrchen wird arbeiten.«
Kaum hatte er gehört, daß er sich zu meinen Füßen ausstrecken soll, sprang er auf meinen Schoß. »Das nicht«, sagte ich charmant, »so kann Herrchen nicht schreiben. Spring schön hinunter!« Er dachte nicht daran. »Spring, Jacky!« sagte ich. Er trat mit den Vorderbeinen auf mir herum, ein Zeichen größten Wohlbehagens. »Spring!« zischte ich gereizt durch die Zähne. Ich spürte seine Krallen durch die dünne Hose meines Hausanzugs. »Au! Spring, du Bestie! Spring!« schrie, brüllte, tobte ich.
Jacky verstand die Menschen nicht mehr. Ich hatte ihn gebeten, zu mir zu kommen, jetzt war er da, jetzt schickte ich ihn weg. Aber ich hatte ja noch meine Geheimwaffe: die elektrische Schreibmaschine. Triumphierend schaltete ich sie ein, wie man in Agentenfilmen eine Dynamitladung einschaltet, um das Hauptquartier des Gegners in die Luft zu sprengen. Aber Jacky, anstatt, wie sonst, in Panik

versetzt die Flucht zu ergreifen, setzte sich auf und betrachtete neugierig das Ungetüm. Er schien nicht zu verstehen, daß er sich von diesem Ding hatte schrecken lassen. Er stellte sich mit den Vorderbeinen auf den Schreibtisch, rieb schnurrend seinen Bart an der Maschine, und mir blieb nichts anderes übrig, als, über den Kater hinweg, diese Geschichte zu schreiben.
Daß erzuiha dabfffmit senen Pfotpptkx mitschrieb, kkönnenjaks Sie hierlyyy sehenwakbuk.

Wer sich selbst hilft, dem hilft Gott. Wer sich nicht selbst hilft, der verlangt von seinen Verwandten, daß sie ihm helfen.

Der Glückwünscher

Mein Vetter Robert ist Schriftsteller. Er lebt von dem, was er schreibt. Seine persönliche Note? Er schreibt keine Novellen, keine Romane, keine Theaterstücke – er schreibt Glückwunsch- und Gratulationsbriefe. Seine Verwandtschaft weiß, was das zu bedeuten hat. Bekomme ich zum Beispiel einen Brief: »Lieber Vetter! Ich wünsche Euch alles Gute zum neuen Jahr!«, dann schreibe ich zurück: »Wir danken und wünschen Dir dasselbe!«, lege einen 500-Schilling-Schein in den Umschlag und trage ihn zur Post.
Sein nächster Brief: »Lieber Vetter! Ich gratuliere Dir zu Deinem Geburtstag!« hat dasselbe Resultat. Ich schreibe: »Vielen Dank für Deine Glückwünsche!«, lege wieder einen 500-Schilling-Schein in den Umschlag und trage ihn wieder zur Post.
Es folgen dann: »Fröhliche Ostern!«, »Fröhliche Pfingsten!«, »Fröhliche Weihnachten!« – 500 Schilling, 500 Schilling, 500 Schilling. Meine Frau weiß nichts von dieser Korrespondenz, weil ich mich schäme, einen Verwandten zu haben, der sich auf diese Weise ernährt.
So geht das seit vier Jahren. Vor einigen Monaten stutzte ich. Da kam ein Schreiben: »Lieber Vetter! Ich gratuliere Dir zu Deiner bevorstehenden Premiere!« Das war etwas Neues. Sollte ich diesen Brief nicht beantworten – oder sollte ich einen Präzedenzfall schaffen und ihm die 500 Schilling schicken? Ich entschloß mich zu letzterem. Jetzt war ich erst froh, daß ich meiner Frau nie von diesen Briefen erzählt habe, sie hätte kein Verständnis dafür aufgebracht. Auf alle Fälle hatte ich jetzt wieder Ruhe bis zum nächsten Geburtstag. Dachte ich.
Plötzlich bekam ich einen Brief: »Herzlichste Gratulation zum 583. Geburtstag von Johannes Gutenberg. Hätte er nicht die Buchdrukkerkunst erfunden, könnten Deine Bücher nicht gedruckt werden.« Ich billigte Robert eine gewisse Originalität zu und schickte ihm 500 Schilling. Meine Frau hat, Gott sei Dank, keine Ahnung.
Eine Woche später – wieder ein Brief: »Herzlichste Glückwünsche

zum 155. Geburtstag von Peter Mitterhofer! Hätte er nicht das Prinzip der Schreibmaschine erfunden, müßtest Du Dich jetzt mit Feder und Tinte abplagen. Bei dieser Gelegenheit möchte ich es nicht verabsäumen, Dir auch zum Geburtstag des Erfinders des Kugelschreibers zu gratulieren!« Anscheinend hoffte er, für diese doppelte Gratulation auch den doppelten Betrag zu bekommen, aber da blieb ich hart. Ich schickte ihm die gewohnten 500 Schilling. Meine Frau weiß, gottlob, noch immer nichts von diesem Briefwechsel.

Hintereinander gratulierte er mir dann zu »1872 Jahre Schreibpapier – einer Erfindung des chinesischen Ministers Tsai-Lun – sowie zu 1178 Jahre Papiermaschine. Gäbe es kein Papier«, so schrieb er, »müßtest Du Deine Werke in Steine meißeln, und wie anstrengend das wäre, kannst Du wohl selbst ermessen.« Damit hatte er recht. Ich war so geschockt von dem Gedanken, meine Geschichten mit Meißel und Hammer in Granit oder Marmor hauen zu müssen, daß ich ihm gern 1000 Schilling schickte. Ein Glück, daß meine Frau nichts davon wußte. Sie steht auf dem Standpunkt, ein gesunder Mensch hätte zu arbeiten. Und gesund war er – mein Vetter Robert.

In rascher Folge kamen nun Gratulationen zur Erfindung der Bekleidung und Beschuhung des Menschen, weil ich sonst mit nackten Füßen und mit einem Feigenblatt herumlaufen müßte, ferner zur Erfindung des Glases – ich hätte keine Fensterscheiben und nichts, woraus ich trinken könnte – sowie zur Erfindung des elektrischen Schalters, weil mir die schönsten Beleuchtungskörper nichts nützen würden, wenn es keinen Schalter zum Einschalten gäbe. Er schickte mir Gratulationen zum Geburtstag von Pasteur, der ein Verfahren zur begrenzten Haltbarmachung von Milch erfand, ganz zu schweigen von seiner Schutzimpfung gegen Tollwut, weiters zur Eheschließung von Madame Curie, die zweimal den Nobelpreis erhielt, und zur Anerkennung von Ignaz Philipp Semmelweis, der die Asepsis bei der Geburtshilfe einführte. Was wäre mein Leben geworden, ohne sie! Es kam dann noch eine Gratulation zur Erfindung der Eisenbahn im allgemeinen und die Bagdad-Bahn im besonderen sowie eine Gratulation zur Erfindung des Fernsehens und der Brille, weil ich ohne Brille nicht fernsehen könnte. Jetzt hatte ich genug. Ich schickte ihm für sämtliche Gratulationen eine Pauschalsumme von 200 Schilling.

Eine Woche später bekam ich einen Brief: »Lieber Vetter! Die Sache mit den 200 Schilling war wohl ein Irrtum Deinerseits. Für die Gratulationen, die ich Dir schickte, hätte ich S 5000,– zu bekommen, wobei ich kulanterweise bei Madame Curie einen Nobelpreis in Abrechnung bringe. Ich hoffe, daß Du die Angelegenheit postwendend in Ordnung bringen wirst, und verbleibe usw. usw.« Drauf schrieb ich: »Lieber Robert! Sei nicht erstaunt, daß ich Dir S 200,– geschickt habe. Ich habe mein ganzes, in FSF-Aktien angelegtes Vermögen verloren – und gratuliere Dir, daß *Du* nicht auf diese Aktien hineingefallen bist. Ich erwarte, daß Du mir für vorstehende Gratulation S 500,– anweisen läßt, und bin bis dahin usw. usw.« Ich habe nichts mehr von ihm gehört.

Von meiner Frau bekam ich ein Telegramm: »Gratuliere, daß Du Deinen Vetter losgeworden bist – S 500,– Gratulationsgebühr sind auf mein Konto zu überweisen.«

Man sagt, die Ehe ist wie ein Lotto. Das stimmt nicht. Beim Lotto gibt es immer einige wenige, die Glück haben.

Romeo 4623

Rechnitzer war verheiratet. Seine Ehe war weder gut noch schlecht – er war verheiratet. Alles war zur Gewohnheit geworden. Seit Wochen, seit Monaten, seit Jahren. Man nahm das Frühstück, er fuhr ins Büro, er kam nach Hause, man nahm das Abendessen, man setzte sich zum Fernsehen und ging ins Bett. Und schlief. Es war ein Leben ohne Abwechslung, ohne Emotion – er war verheiratet. Seine Frau war nie sehr leidenschaftlich gewesen, und das bißchen Erotik, das sie besessen hatte, war in der Ehe verkümmert.
Eines Tages sagte sich Rechnitzer: »Du bist knapp vor Torschluß, du mußt dir ein Abenteuer suchen, ehe es zu spät ist.« Also ging er hin und inserierte: »Fabrikant, 40, gut aussehend, 1,78 groß, schlank, ledig, lebenshungrig, sucht entsprechende Gefährtin. Unter ›Romeo 4623‹.« Er wartete eine Woche, dann fragte er nach, ob eine Antwort gekommen sei. Es war nicht nur eine, es waren einige gekommen. Genau gezählt fünfundsechzig. Rechnitzer nahm die Briefe, stopfte sie in seinen Aktenkoffer und ging in ein stilles Kaffeehaus, um sie zu lesen. Bei dem Gedanken daran fühlte er ein gewisses Prickeln, wie er es seit langem nicht gefühlt hatte. Er bestellte einen Mokka und öffnete klopfenden Herzens den Koffer. Dabei fielen einige Briefe heraus, einer davon auf den Boden. »Der soll es sein«, dachte Rechnitzer, »den lese ich zuerst.« Und er las: »Lieber Romeo! Ich gehöre sonst nicht zu den Frauen, die Inserate beantworten, aber das Ihre hat mich so fasziniert, daß ich beschloß, Ihnen zu schreiben. Ich bin fünfunddreißig, 1,70 groß, schlank und – wie man sagt – hübsch. Ich habe ein Landhaus und einen Jaguar, aber das alles sagt mir nichts. Ich bin wie Sie – lebenshungrig! Wollen Sie mich kennenlernen, Romeo? Wenn ja, dann schreiben Sie mir hauptpostlagernd unter ›Julia‹.«
Rechnitzer schrieb: »Verehrte Julia! Ich habe Ihre Zeilen erhalten und kann es kaum erwarten, Sie zu sehen. Ich möchte nur beizeiten eine Kleinigkeit richtigstellen. Ich bin nicht vierzig, sondern fünfundvierzig, sehe aber bedeutend jünger aus. Wann und wo wollen

wir uns treffen? Ich überlasse es Ihnen, die Zeit und den Ort zu bestimmen – nur bitte, bitte, schreiben Sie bald! Ihr ungeduldiger Romeo.«
Sechs Tage wandelte Rechnitzer wie im Traum umher. Wird sie schreiben oder nicht. Am siebenten Tag war es soweit. Sie schrieb: »Schau, schau, mein kleiner Romeo hat gelogen. Eigentlich sollte Julia ihm böse sein, aber sie ist es nicht, weil sie auch nicht ganz aufrichtig war. Ich bin nicht fünfunddreißig, sondern vierzig. Warten wir mit einer Zusammenkunft, vielleicht hat Romeo noch etwas zu beichten. Mit ganz lieben Grüßen Julia.«
Rechnitzer war glücklich. Die Welt sah anders aus. Der Charme, der aus den Zeilen dieser Frau sprach, war ihm bisher fremd gewesen. Er setzte sich hin und schrieb: »Geliebte Julia! Ich darf Sie doch so nennen? Ich danke Gott, daß auch Sie geschwindelt haben – ein Altersunterschied von zehn Jahren wäre vielleicht doch zu groß gewesen. So aber passen wir zueinander. Das heißt, etwas muß ich Ihnen noch gestehen. Ich bin nicht 1,78 groß, sondern bloß 1,68. Seien Sie mir deshalb nicht böse. Denken Sie an Napoleon. Er war auch nicht groß und hat doch die halbe Welt erobert. Ich möchte nur Sie erobern, Julia – nur Sie! Wann werden wir uns sehen? Wann? Wann? Wann? Lassen Sie mich nicht länger schmachten. Ihr Romeo.«
Nach einer Woche kam Julias Antwort: »Lieber Romeo! Sie denken, ich bin enttäuscht? Im Gegenteil! Ihr Geständnis macht mich glücklich. Ich bin nämlich auch nicht 1,70 groß, sondern nur 1,65. Was unsere erste Begegnung betrifft – fassen Sie sich in Geduld. Ich lasse Sie nicht gern schmachten – gewisse Umstände zwingen mich dazu. Haben Sie Verständnis. Julia.«
Rechnitzer war verzweifelt. Warum verlangte sie Geduld von ihm? Welche Umstände konnten sie zwingen, ein Zusammentreffen mit ihm hinauszuschieben? Ein Mann? Er schrieb: »Bezaubernde, reizende Julia! Was hindert Dich, mich zu sehen? Ist es ein Mann, der Gewalt über Dich hat? Nenne mir seinen Namen – ich töte ihn! Bist Du finanziell von ihm abhängig? Hab keine Angst. Ich bin zwar kein Fabrikant, wie ich in meinem Inserat angab, aber ich habe ein kleines Geschäft, das uns beide ernähren kann. Zögere nicht länger – komm zu mir! Dein unglücklich-glücklicher Romeo.«
Diesmal schrieb sie expreß. »Liebster Romeo! Wie leicht machst Du es mir, gewisse Dinge zu gestehen. Du bist kein Fabrikant – und ich habe weder einen Jaguar noch ein Landhaus. Warum meine Hochstapelei? Weil ich Dir imponieren wollte. Der Mann, von dem Du schreibst, existiert. Ich bin zwar seit einiger Zeit schuldlos geschie-

den, aber er gibt den Gedanken nicht auf, mich zurückzugewinnen. Wenn Du mir jetzt nicht mehr schreiben würdest, könnte ich es verstehen, aber ich wäre sehr, sehr unglücklich. Deine arme Julia.«
Rechnitzer schrieb postwendend zurück: »Julia! Einzige! Geliebte! Warum sollte ich Dir nicht mehr schreiben? Wenn es Dich tröstet, Du Große, Du Hehre, Du Wunderbare, auch ich bin geschieden. Ebenfalls schuldlos. Du siehst, wir gehören zusammen. Komm, komm, ich möchte Dich schon in den Armen halten und meinen Mund auf Deine Lippen pressen! Ich vergehe vor Sehnsucht! Dein Romeo!«
Die Antwort kam bald. »Du mein geliebter Romeo! Wir gehören wirklich zusammen! Du bist mein ganzes Denken, mein ganzes Fühlen! Erwarte mich Mittwoch, um 16 Uhr, vor der Oper. Ich werde ein braunes Kostüm tragen, mit einer weißen Nelke im Knopfloch. Du, bitte, halte die ›Bunte‹ in der linken Hand, nicht zusammengefaltet, daran werde ich Dich erkennen. Ich kann es kaum erwarten. Oh, daß es schon Mittwoch wäre! In Liebe, Deine Julia.«
Rechnitzer war außer sich. Mittwoch also! Die Tage erschienen ihm endlos, in den Nächten zählte er die Stunden, die ihn noch von seinem großen Erlebnis trennten. Endlich war es soweit. Er zog seinen schönsten Anzug an, nahm die feinste Krawatte sowie ein paar Tropfen des »Parfüms für richtige Männer« und begab sich zur Oper, die nicht zusammengefaltete »Bunte« in der linken Hand. Julia war noch nicht da. Er wartete. Endlich sah er eine Dame in einem braunen Kostüm aus einem Taxi steigen. Sie kam auf ihn zu – beide erbleichten. Julia war Rechnitzers Frau.

Die Folgen:
1. Rechnitzer und Frau brachten die Scheidungsklage ein. Sie gegen ihn, er gegen sie, weil beide bereit gewesen waren, einander zu betrügen.
2. Versöhnung vor dem Scheidungsrichter. Sie hatte in ihm, er hatte in ihr etwas geweckt, ohne zu wissen, daß noch was schlummerte.
3. Aussendung einer Geburtsanzeige: »Herr Karl und Frau Roberta Rechnitzer geben die Geburt ihrer Zwillinge bekannt. Sie hören auf die Namen: Romeo und Julia.«

Chamfort sagt: »Jeder Tag, an dem man nicht gelacht hat, ist ein vergeudeter Tag.« Das fiel mir ein, als mir eines Abends ein Mann begegnete. Es war:

Der Lachbettler

Ich ging nach Hause. Es war schon dunkel, als ein gutgekleideter Herr auf mich zutrat. Er zog den Hut und hielt mir wie ein Bettler die offene Hand entgegen. Ich griff sofort in die Tasche, aber er sagte: »Ich will kein Geld. Das einzige, worum ich bitte, wäre ein Lachen. Ein kurzes, herzliches Lachen. Ich habe es verlernt.«
»*Was* haben Sie verlernt?« fragte ich verwundert.
»Ich habe verlernt zu lachen. Seit Stunden stehe ich hier an der Ecke. Glauben Sie, daß mir auch nur ein einziger Mensch ein Lächeln geschenkt hätte? Alle hasten sie an mir vorüber, ohne mich anzusehen, geschweige denn, anzuhören. Darf ich fragen, was Sie für einen Beruf haben?«
»Ich bin Humorist«, sagte ich etwas verschämt.
»Oh!« rief der andere freudig aus.
»Machen Sie sich keine Illusionen«, sagte ich sofort, »wir Humoristen haben auch nichts zu lachen. Ein volles Jahr schreibt man an einem Buch, dann kommt die Abrechnung – sie ist viel kleiner, als man erwartet hat, aber doch groß genug, um einen in die nächsthöhere Steuerklasse zu katapultieren. Ich kann Ihnen höchstens ein kurzes Märchen erzählen: Es gab einmal eine Steuer, die wurde ermäßigt. Aus.«
Der Mann schüttelte den Kopf. Er konnte nicht lachen.
»Dann vielleicht einen Witz«, versuchte ich, ihm zu helfen. »Im Finanzamt läutet das Telefon. Eine feine Stimme fragt: ›Könnte ich den Herrn Finanzminister sprechen?‹ – ›Ich bin am Apparat‹, sagt der Minister. ›Das freut mich‹, sagt die feine Stimme. ›Ich möchte nur feststellen, daß es eine Lüge ist, wenn man behauptet, daß man in Österreich nicht leben kann, weil die Abgaben zu hoch sind. Ich lebe mit meiner Frau und meinen vier Kindern von tausend Schilling im Monat.‹ Der Finanzminister wundert sich. ›Ist denn das möglich?‹ fragt er. ›Erzählen Sie mir, wie Sie das machen, aber, bitte, sprechen Sie lauter.‹ – ›Lauter kann ich nicht‹, sagt die Stimme

wieder, ›ich bin ein Goldfisch.‹«
Der Mann lachte nicht. »Entschuldigen Sie«, sagte ich verlegen und wollte mich zurückziehen. Im selben Moment kam ein Passant daher. Nun wurde ich neugierig. Vielleicht hatte *er* ein Lachen zu verschenken.
Der Bettler trat ihm entgegen. »Schenken Sie mir ein Lachen!« bat er.
»Ein – was?« wunderte sich der Passant.
»Ein Lachen. Ein kurzes, herzliches Lachen. Ich erinnere mich, mein Großvater lebte in den ärmlichsten Verhältnissen, und doch konnte er den ganzen Tag lachen. Warum kann *ich* das nicht?«
»Wie soll ich das wissen?« fragte der andere grob. »Ich bin kein Seelenarzt – ich bin Geschäftsmann. Ich habe meine eigenen Probleme. Von Tag zu Tag steigen die Preise, das zieht die Löhne nach, das zieht die Preise nach, das zieht die Löhne nach, das zieht die Preise nach ...«
»Die Nachtlokale sind aber voll«, stellte der Bettler fest.
»Das darf Sie nicht wundern«, sagte der Geschäftsmann. »Wer kann bei diesen Sorgen schlafen?« Er machte eine Pause, dann setzte er fort: »Jetzt, wo Sie mich draufgestoßen haben, fällt es mir auf, daß ich auch schon seit langem nicht herzlich gelacht habe. Vielleicht sollte ich mir einmal die Zeit nehmen und mir im Fernsehen eine Kabarettsendung ansehen?«
»Um Gottes willen, nur das nicht!« warnte ihn der Bettler. »Das habe ich einmal versucht, daraufhin bin ich gemütskrank geworden. Entschuldigen Sie«, unterbrach er das Gespräch, »da kommen zwei junge Leute, vielleicht können *die* mir helfen.«
»Ich bin neugierig«, meinte der Geschäftsmann und blieb stehen. Jetzt waren wir zu dritt.
Ein Pärchen näherte sich. Der Bettler trat ihm entgegen. »Verzeihen Sie, würden Sie so gut sein und mir ein Lachen schenken?« wandte er sich an den jungen Mann.
»Ein Lachen?« staunte der ungefähr Zwanzigjährige. »Wie meinen Sie das?«
»Ich kann nicht lachen«, sagte der Bettler.
Die jungen Leute sahen einander verwundert an. »Wir auch nicht«, sagte das Mädchen. »Jetzt fällt es mir auf.«
»Worüber sollten wir auch lachen?« meinte der junge Mann. »Wir wollen heiraten, haben kein Geld ...«
»Soviel ich hörte«, sagte der Bettler, »gibt doch der Staat jungen Paaren eine Starthilfe?«
»Das ist zu wenig«, sagte der junge Mann. »Um heute heiraten zu

können, braucht man eine Wohnung, eine Zweitwohnung, ein Auto, eine Waschmaschine, einen Fernsehapparat – bis man das alles hat, läßt man sich schon wieder scheiden.«
Der Geschäftsmann schüttelte nachdenklich den Kopf. »Merkwürdig«, sagte er. »Meine Frau und ich hatten das alles nicht, und wir haben *doch* gelacht.«
»Das sage ich auch«, meinte der Bettler.
»Das ist die Wohlstandszeit«, erklärte der junge Mann.
»Ja, aber – wenn Sie mit Ihrer Braut allein sind«, erkundigte sich der Bettler. »Was machen Sie da?«
Die beiden sahen einander fragend an. Dann sagte der Bursch: »Wir essen miteinander, wir schlafen miteinander – miteinander gelacht haben wir eigenlich noch nie.«
»Entschuldigen Sie«, sagte der Bettler, »da kommt ein Herr, vielleicht hat *er* ein Lachen für mich.« Die beiden blieben stehen – jetzt waren wir fünf.
Ein beleibter Herr näherte sich, der Bettler verstellte ihm den Weg. »Verzeihen Sie«, sagte er devot, »könnten Sie mir ein Lachen schenken? Ein kurzes, herzliches Lachen?«
»Ich kann Ihnen alles schenken«, erwiderte der Herr freundlich. »Ich bin Politiker.«
»Ich bin aber bei keiner Partei«, entgegnete der Bettler, »also auch nicht bei der Ihren.«
»Ich auch nicht«, sagten wir vier wie aus einem Mund.
»Das schadet nichts«, meinte der freundliche Herr, »bei meiner Partei muß man nicht bei der Partei sein. Ich helfe Ihnen, ganz gleich, welche politische Meinung Sie haben.«
Da konnten wir fünf endlich wieder einmal lachen, wie wir schon seit langem nicht gelacht haben.

Fazit: Wenn wir unsere Politiker nicht hätten, hätten wir überhaupt nichts zu lachen.

Bernard Shaw sagte: »Ich kann Alfred Nobel verzeihen, daß er das Dynamit erfunden hat – was ich ihm nicht verzeihen kann, ist die Erfindung des Nobel-Preises.«
Und doch: Was wären wir ohne unsere

Erfinder

Boston 1875.
Alexander Graham Bell, Professor der Physiologie, saß an seinem Schreibtisch. Er wollte etwas erfinden und wußte nicht, was. Plötzlich riß ihn eine unangenehm laute Stimme aus seinen Gedanken. Seine Nachbarin war ans Fenster getreten.
»He, Mrs. Hopkins!« kreischte sie.
»I'm coming, Mrs. Rogers!« kreischte es aus dem gegenüberliegenden Haus zurück. »Was wünschen Sie?« (Die Unterhaltung wurde natürlich auch weiterhin in Englisch geführt.)
»Ich warne Sie! Ihr Mann soll es sich nicht wieder einfallen lassen, meinen Joe zum Trinken zu verleiten!«
»Mein Mann?« schrie Mrs. Hopkins empört. »Mein Mann trinkt nicht, raucht nicht und geht nicht aus!«
»Ha!« lachte Mrs. Rogers. »Haben Sie ihm das alles abgewöhnt, oder haben Sie ihn schon als Trottel geheiratet?«
»Sie!« drohte Mrs. Hopkins.
»Was denn, was denn?« klang es zurück. »Wollen Sie mir vielleicht Angst machen? Hätten Sie, anstatt auf Ihren Mann, lieber auf Ihre Tochter aufgepaßt – dann hätte sie kein Kind bekommen, von dem man nicht weiß, wer der Vater ist!«
»Wir wissen es – und das genügt!«
»Und wer ist es?«
»Mr. Freeman!« klang es stolz zurück.
»Mr. Freeman?« lachte Mrs. Rogers wieder. »Das Kind Ihrer Tochter ist zwei Monate alt, und Mr. Freeman ist seit zwei Jahren in Europa!«
»Aber er schreibt meiner Tochter öfter!«
»Er schreibt!« meinte Mrs. Rogers belustigt. »Der muß einen schönen Kugelschreiber haben!«
»Shut up!« schrie Mrs. Hopkins und trumpfte auf: »Meine Tochter

ist Sekretärin bei einem Generaldirektor! Am Morgen holt er sie mit seinem Jaguar ab, fährt sie ins Büro, diktiert ihr ein paar Briefe, lädt sie zum Lunch, fährt sie ins Büro, diktiert ihr ein paar Briefe, lädt sie zum Abendessen, fährt sie ins Büro, diktiert ihr ein paar Briefe, lädt sie übers Wochenende in sein Landhaus, diktiert ihr ein paar Briefe – was ist denn *Ihre* Tochter?« – »*Meine* Tochter«, schallte es zurück, »ist auch eine Schlampe – aber diktieren läßt sie sich nicht!« Beide Frauen schlugen die Fenster zu.
Graham Bell machte die Störung verrückt. Er ballte die Fäuste, er stampfte mit den Füßen, er schlug sich an den Kopf – plötzlich erhellte sich seine Miene, Tränen der Dankbarkeit liefen über seine Wangen.
Und er ging hin und erfand das Telefon.

New York 1877.
Thomas Alva Edison kam um zwei Uhr früh nach Hause. Seine Frau erwartete ihn an der Tür.
»Jetzt kommst du?« keifte sie wütend. »Schämst du dich nicht? Seit acht Uhr abends warte ich mit dem Abendessen! Warum hast du nicht wenigstens angerufen? Nur, weil *du* nicht das Telefon erfunden hast? Hättest du dir mehr Mühe gegeben! Aber nein, Mr. Edison erfindet lieber die Diktiermaschine und andere Dinge, die man nicht brauchen kann! Wo warst du?«
»Ich ...«, begann Edison, aber er kam nicht weiter.
»Ich weiß, was du sagen willst!« fiel ihm Mrs. Edison ins Wort. »Im Laboratorium warst du! Sicherlich wieder mit deiner Assistentin! Diese rote Kuh geht mir schon lange auf die Nerven! Denkst du, ich sehe nicht, was sie dir für Augen macht?«
»Ich ...«, begann Edison wieder, aber Mrs. Edison schnitt ihm die Rede ab.
»Du ihr auch! Ich weiß es!« zeterte sie. »Meine arme Mutter! Wie geduldig blieb sie während unserer Verlobungszeit immer wach, wenn du bis Mitternacht nicht ans Gehen dachtest! Damals wartete *sie* die halbe Nacht, bis du gehst – heute warte *ich* die halbe Nacht, bis du kommst!«
»Ich ...«, begann Edison wieder, aber Mrs. Edison gab ihm nicht die kleinste Chance.
»Ich war dumm genug, dich zu heiraten!« schrie sie. Und sie schrie und schrie und hörte nicht auf zu schreien, bis es Edison gelang, in sein Zimmer zu flüchten. Dort setzte er sich hin und fing an zu arbeiten. Und er arbeitete eine Stunde, zwei Stunden, drei Stunden.

Und dann ging er hin und erfand den Phonograph, die erste Sprechmaschine, die man abstellen konnte.

Wien 1977.
Josef Huber, Möbel en gros, und seine Frau Katharina, geb. Meier, hatten Besuch. Um drei Uhr war er gekommen, man hatte Kaffee getrunken und Gugelhupf gegessen – jetzt war es sechs, und er war noch immer da.
»Ein schönes Bild, das Sie da an der Wand hängen haben«, sagte er eben.
»Eine kubische Landschaft«, meinte Huber stolz.
»Da können wir froh sein, daß wir nicht in Kuba leben«, bemerkte der Besuch, »wenn es dort so ausschaut.«
»Machen Sie sich nichts aus Bildern?« fragte Frau Huber, geb. Meier.
»Doch!« beteuerte der Besuch. »Letzten Sommer, in Paris, war ich sogar im Louvre.«
»Haben Sie die Mona Lisa gesehen?«
»Ja – aber ich muß sagen, daß sie mich sehr enttäuscht hat. Eine Kopie von dem Kalender, den wir in der Küche haben.«
Die Konversation ging weiter und weiter. Das Gespräch wanderte von Politik über Charterflüge, Apfelstrudel, Fußball und Palästinenser bis zu Kartenkunststücken.
»Kartenkunststücke kann ich nicht«, meinte der Besuch, »aber dafür kann ich Vogelstimmen imitieren. Wenn Sie mir sagen würden«, wandte er sich an den Hausherrn, »was für einen Vogel ich nachahmen soll?«
»Vielleicht eine heimziehende Brieftaube«, schlug Herr Huber vor.
Der Besuch verstand nicht.
»Sie haben herrlich bequeme Möbel!« fand er. »Diese behaglichen Stühle! So gemütlich und geruhsam! In einem solchen Stuhl könnte ich noch drei Stunden sitzen!« Und er bewies es.
Als er, nachdem man ihn noch zum Abendessen gebeten hatte, um zehn Uhr endlich das Haus verließ, zog Herr Huber, Möbel en gros, die Konsequenzen aus diesem Erlebnis.
Er ging hin und erfand die modernen Stühle.

Und nun mehr als fünfzig Jahre zurück. Berlin 1923.
Arthur Korn, deutscher Physiker und Mathematiker, litt an chronischer Schlaflosigkeit. Es gab keinen Arzt, der ihm helfen konnte. Er trank Bier vor dem Schlafengehen, er nahm Baldrian- sowie Orangenblütentee, kalte Fußbäder, kalte Wickel, er schluckte Pul-

ver, er zählte Schäfchen, er las Krimis, seine Frau sang Wiegenlieder – alles vergeblich. Er konnte nicht schlafen.
Da, in einer dieser qualvollen, schrecklichen Nächte, kam ihm die Erleuchtung. Er ging hin – und erfand das Fernsehen.

Damit gab er den Menschen ein Mittel, das bis heute wirksam geblieben ist.

Wer da behauptet, Françoise Sagan oder Johannes Mario Simmel seien gute Erzähler, der kennt weder Tante Elsa noch

Tante Elsas Erzählungen

Tante Elsa ist ein lieber, ein guter und, trotz ihrer siebzig Jahre, ein mit beiden Füßen im Leben stehender Mensch. Sie pflegt gern zu reisen, sie unternimmt Kreuzfahrten, nützt Winter- und Sommerarrangements, fährt, sobald es kalt wird, nach Tunesien oder Hawaii, und wenn es wieder warm wird in die Schweiz – sie hat überall Freunde und Bekannte, die sie herzlich begrüßen und noch herzlicher verabschieden, sie verbringt nur eine kurze Zeit des Jahres in ihrer Heimat, und in dieser kurzen Zeit besucht sie die Verwandtschaft.
Mittwoch war sie von einer Spanienreise zurückgekehrt, und Sonntag erschien sie bei uns zur Jause. Meine Frau brachte Kaffee und Gugelhupf, das Gespräch drehte sich um alte Bekannte, um Politik und Inflation, meine Frau fragte: »Likör, Tante?«, und Tante Elsa sagte: »Ein halbes Gläschen.« Sie trank ein halbes Gläschen, ein ganzes Gläschen, noch ein ganzes Gläschen und noch ein halbes Gläschen. Ihre Augen leuchteten, ihre Bäckchen färbten sich rot.
»Ihr habt doch meine Karte aus Granada bekommen?« erkundigte sie sich. »Oder habe ich euch aus Barcelona geschrieben? Nein«, fiel es ihr plötzlich ein, »aus Madrid. Kennt ihr Madrid?«
»Wir waren einmal auf der Durchreise dort – nur zwei Tage«, sagte meine Frau.
»Das ist zuwenig«, meinte Tante Elsa. »Zwei Tage braucht man allein für den Prado.« Tante Elsa besucht auf ihren Reisen alle Museen und Kunstgalerien, sie versteht etwas von Kunst, vor allem von Bildern. »Ich brauchte eine Woche, bis ich alles gesehen hatte. Velasquez, Murillo, Greco, Ribera usw.« Tante Elsa trank noch ein halbes Gläschen, meine Frau schenkte nach.
»Und denkt euch«, fuhr sie fort, »in einer Stadt mit zweieinhalb Millionen Menschen – die Touristen nicht eingerechnet – treffe ich ausgerechnet im Prado ein deutsches Ehepaar, mit dem ich im vorigen Jahr in Neapel beisammen war – Herrn und Frau Tiedemann aus Berlin. Hochkultivierte Leute. Mit diesen Tiedemanns

hatte ich ein interessantes Erlebnis, das ich euch erzählen muß. Frau Tiedemann war bereits einmal verheiratet. Ihr erster Mann war ein gewisser Liebermann – nicht der berühmte Maler –, ein Brückenbauingenieur. Wißt ihr übrigens, daß ich die Borgenichts in Paris getroffen habe? Ganz zufällig auf der Straße. Sie sind achtunddreißig dorthin gegangen, sind französische Staatsbürger, er macht in Ost-West-Handel, es scheint ihnen sehr gut zu gehen. Sie haben mich eingeladen, bei ihnen zu essen –«, Tante dachte nach, »wie komme ich auf die Borgenichts? Ach ja, durch den gewissen Liebermann, den ersten Mann von Frau Tiedemann. Borgenichts haben nämlich im Salon einen Liebermann hängen. Wenn ich denke, daß sie ohne einen Sou nach Paris gekommen sind? Es gibt Menschen, die es verstehen, in jeder Situation Geld zu machen. Mein seliger Otto gehörte leider nicht dazu. Er war zu anständig. Seine Chefs, Beigl & Co., sind durch seine Arbeit reich geworden – und er? Bitte, es ist uns nie schlecht gegangen, und er hat mir so viel hinterlassen, daß ich heute noch meine Reisen machen kann, aber das war auch nicht zuletzt *mein* Verdienst. Ich habe immer getrachtet, ein paar Schillinge auf die Seite zu legen. Das hat man uns Kindern zu Hause eingeprägt. ›Spart in der Zeit‹, sagte mein Vater immer, ›dann habt ihr Not!‹ Als ich meine Schwester Netty vor zwei Jahren in New York besuchte, sprachen wir davon. Die Ärmste! Ich möchte nicht in New York leben. Bei Tag, auf offener Straße, wird man überfallen. Die Leute in New York haben eine solche Angst, daß sogar die Verbrecher zu zweit gehen. Wie komme ich auf New York?« Tante Elsa dachte nach und nahm noch ein Schlückchen von dem Likör. Sie hatte den Faden verloren, hatte ihn aber schnell wiedergefunden. »Ich weiß!« sagte sie. »Durch meinen seligen Mann, Beigl & Co., und die Borgenichts. Aber wie kam ich auf die Borgenichts?«

»Durch den Liebermann«, erinnerte ich sie.

»Stimmt. Den ersten Mann von Frau Tiedemann. Ich wollte euch doch die Geschichte erzählen, die mir mit ihnen passiert ist. Wir wohnten im selben Hotel, etwas außerhalb von Madrid, aber nicht sehr weit, mit dem Taxi keine fünfzehn Minuten. In Madrid sind die Taxis nicht so teuer, und was ich für die Fahrten brauchte, ersparte ich wieder bei der Hotelrechnung. Es war kein großes Hotel, kein modernes Hotel, aber in einem Hotel mit sechzehnhundert Betten, wie ich sie in Tokio gesehen habe, würde ich mich gar nicht wohl fühlen. Man braucht nur zu bedenken, was geschieht, wenn ein Feuer ausbricht? Man liest doch gerade in letzter Zeit so viel von Hotelbränden. Neulich haben sie im Fernsehen, in den Nachrich-

ten, einen gezeigt – es war schrecklich. Aber das ganze Programm ist doch schrecklich, warum sollten es gerade die Nachrichten *nicht* sein? Mein Otto hätte das erleben müssen. Wenn wir beim Radio saßen, sagte er oft: ›Eines Tages wird man das alles nicht nur hören, sondern auch sehen können.‹ Er hatte recht. Er hatte ja so oft recht. Er sagte zum Beispiel immer: ›Eines Tages‹ – Otto sagte oft ›eines Tages‹ – ›eines Tages werden die Menschen mit dem Flugzeug reisen, wie wir heute mit der Bahn.‹ Ich konnte mir das gar nicht vorstellen, und heute reise ich selbst mit dem Flugzeug. Übrigens, der Flug Madrid–Wien war diesmal gar nicht schön. Wir kamen in einen solchen Wirbelsturm, daß die Stewardeß jedem von uns eine Beruhigungstablette gab. In dieser gar nicht rosigen Stimmung erzählte mir mein Sitznachbar einen Witz. Wenn ihr wollt, erzähle ich ihn euch. Er hieß Böckl oder Bröckl – war Anwalt –, hatte hauptsächlich mit Scheidungen zu tun und – ach ja!« schrie sie plötzlich auf, »denkt euch den Zufall – er vertrat meine Nichte Gitti, als sie sich scheiden ließ. Ihr wißt, von dem Italiener. Ich sage immer: ›Italiener sollen singen, aber nicht heiraten.‹ Ihr kennt doch Gitti? Natürlich kennt ihr sie – sie ist doch eure Kusine. Was wollte ich erzählen?«
»Den Witz.«
»Stimmt. Also: Ein Flugzeug gerät in einen Sturm, die Stewardeß sagt zu jedem der Passagiere: ›Hier, nehmen Sie eine Beruhigungstablette.‹ Ein Herr fragt: ›Warum? Drauf sagt die Stewardeß ...«, Tante Elsa dachte nach, »drauf sagt die Stewardeß ...«, wiederholte sie.
Ich kam ihr zu Hilfe. »Erst nehmen Sie die Tablette, dann werde ich es Ihnen sagen.« Ich hatte den Witz bereits gekannt.
»Stimmt!« lachte Tante Elsa. »Ich habe kein Gedächtnis für Witze. Wie ging bloß der, über den ich so gelacht habe? Kennt ihr ihn?«
Wie sollten wir das wissen? »Der mit dem Hund.« Es gibt viele Witze mit Hunden. Tante Elsa versuchte, sich zu erinnern. »Wer hat mir den Witz erzählt?« murmelte sie vor sich hin.
»Vielleicht Frau Tiedemann?« fragte ich schüchtern.
Tante Elsa sah mich überrascht an. »Du kennst Frau Tiedemann?«
»Nein, Tante. Du hast uns aber gesagt, daß du sie im Prado getroffen hast.«
»Richtig«, seufzte sie erleichtert und nahm noch ein Gläschen von dem Likör. »Jetzt weiß ich es wieder. Frau Tiedemanns erster Mann war ein gewisser Borgenicht ... das heißt ... Frau Borgenichts erster Mann war ein gewisser Tiedemann ... auch nicht ... die Borgenichts

hatten den ersten Mann von Frau Tiedemann im Salon aufgehängt … falsch … der Liebermann war der erste Mann von Frau Tiedemann …«
Hilflos, ein bißchen beschwipst, sah sie uns an. »Was wollte ich euch eigentlich erzählen?«

Wir wissen es bis heute nicht.

Ist man arm und wohnt im Herzen der Stadt, wird niemand nach einem fragen. Ist man reich und wohnt auf dem höchsten Berg, werden sich entfernte Verwandte melden. Wie zum Beispiel:

Onkel Peter

Susi, die Tochter unseres Freundes Wimmer, hat geheiratet. Heinz und sie gingen schon einige Zeit miteinander, als sie ihn plötzlich fragte, was er sich zum Vatertag wünsche.
»Vatertag?« fragte Heinz verwundert. »Wir sind doch noch gar nicht verheiratet?«
»Das weiß ich«, entgegnete Susi, »aber mein Arzt hat gesagt, bis dahin bist du Vater, und mein Vater hat gesagt, bis dahin bist du verheiratet.« Also beschloß man, in den heiligen Stand der Ehe zu treten.
Die Eltern hatten den Kindern noch vor der Hochzeit eine Wohnung gekauft, echte Teppiche, wertvolle Bilder – und die Gäste, die zum Hochzeitsessen kamen, lieferten Service und Silberbestecke. Und es gab weit über hundert Gäste. Die Brautleute machten sich Sorgen. Wer wird auf ihre Wohnung aufpassen, während sie auf der Hochzeitsreise sind? Heutzutage, wo so viel eingebrochen wird.
Onkel Peter, ein älterer Herr, umarmte die beiden. Es ist so schön, seine Verwandten wiederzusehen, und noch dazu bei einer solchen Gelegenheit. Meistens trifft man sich ja doch nur bei Begräbnissen. Onkel Peter lebt in Graz, kommt nur selten nach Wien, kommt also mit niemandem von der Familie zusammen. Und ein paar Wochen in Wien zu bleiben, was sein größter Wunsch wäre – das läßt seine Pension nicht zu.
Heinz nahm Susi beiseite. »Onkel Peter«, sagte er, »ist ein netter, vertrauenswürdiger Mensch, er möchte ein paar Wochen in Wien verbringen – wie wäre es, wenn wir ihn als Aufpasser in unsere Wohnung setzen würden?«
Susi fand die Idee riesig, Onkel Peter war einverstanden, Heinz drückte ihm noch drei Tausendschillingscheine in die Hand, die er nicht nehmen wollte, und die er dann doch nahm – und fort ging's auf die Hochzeitsreise.
Als sie nach vier Wochen wiederkamen, fanden sie die Wohnung in

einem Zustand vor, daß es eine Freude war. Alles blitzte und blankte.
»Nun werde ich also nach Hause fahren«, meinte Onkel Peter.
»Noch nicht«, sagte Heinz, »eine Woche mußt du schon noch mit uns hier verbringen.«
Als die Woche vorüber war, reiste der Onkel ab.
Und dann kamen die Leute. Einer Dame hatte Onkel Peter einen Teppich aus der Wohnung verkauft, einer andern ein Bild, einer dritten Susis Pelze, einem Herrn den Musikschrank, einem andern das Klavier, einem dritten Heinz' Markensammlung. Alle hatten sich einverstanden erklärt, eine größere Anzahlung zu geben und die Gegenstände erst nach vier Wochen abzuholen. Und dann kam das Paar, dem der Onkel die Wohnung verkauft hatte. Unten stand der Möbelwagen, sie waren gekommen, um einzuziehen.
»Ein schöner Schwindler, dein Onkel!« sagte Heinz.
Susi staunte. »Mein Onkel?« fragte sie verwundert. »Ich dachte immer, er wäre *dein* Onkel!«

Heinz und Susi sind vorsichtig geworden, sie denken immer an einen weisen Ausspruch, der da lautet:
»Man kann einem Menschen öfter die Haare schneiden – aber man kann ihn nur einmal skalpieren.«
(Winnetou, Häuptling der Apatschen)

Computer sind bereits wie menschliche Wesen, nur mit dem Unterschied, daß sie die Fehler, die sie machen, nicht auf andere Computer schieben.

Der elektronische Hellseher

Sechs Wochen lang hatte ich mein altes Stammkaffeehaus nicht mehr betreten, weil ich mit Recht der Meinung war, daß man mich, als Stammgast, schlechter behandelte als die sogenannte laufende Kundschaft. Ich sagte etwas von »Nie wieder!«, verschwand und suchte mir ein anderes Lokal. Heute wurde ich schwach, die Sehnsucht trieb mich zurück.

»Na?« fragte ich etwas gekränkt. »Wundert es Sie gar nicht, daß ich wieder da bin?«

»Nein«, antwortete Anton, »der Herr Joschi hat mir schon gesagt, daß sie heute kommen werden.«

Joschi? Wie konnte er das wissen? Ich hatte ihn seit einer Ewigkeit nicht gesehen. Merkwürdig. Ich ging auf ihn zu.

»Servus!« begrüßte ich ihn. »Anton sagte mir eben, du wußtest, daß ich heute wieder hierherkommen würde? Wieso?«

Joschi grinste. »Weil ich alles weiß«, meinte er. »Ich wußte nicht nur, daß du hierherkommen würdest – ich weiß auch, was du jetzt nehmen wirst.«

Ich setzte mich zu ihm. »Was werde ich nehmen?« fragte ich ihn ironisch.

»Einen Kognak.«

»Just nicht. Anton«, rief ich dem Ober zu, »bringen Sie mir einen Espresso!«

Anton kam näher. »Leider«, bedauerte er, »unsere Espressomaschine ist kaputt.«

»Dann bringen Sie mir ein Glas saure Milch.«

»Saure Milch haben wir nicht.«

»Dann bringen Sie mir ein Glas süße Milch.«

»Haben wir auch nicht. Die Molkerei, die sonst immer so pünktlich ist, hat heute noch nicht geliefert.«

Ich wurde ungehalten – ein Gemütszustand, den man bei mir selten findet. »Bringen Sie mir«, sagte ich mit einem drohenden Unterton

in der Stimme, »ein Glas Limonade.«
Anton begann zu zittern. »Sie müssen entschuldigen, unsere Abendkassiererin hat gestern alles versperrt und die Schlüssel mitgenommen. Ich habe aber schon den Pikkolo zu ihr geschickt.«
»Was *können* Sie mir also bringen?« zischte ich wütend, die Antwort bereits vorausahnend. Da war sie auch schon. »Einen Kognak«, sagte Anton kleinlaut. »Die Kognakflasche ist das einzige, was sie nicht weggesperrt hat.« Ich bestellte einen Kognak. Anton ging.
»Ich habe es gewußt«, sagte Joschi vergnügt.
»Das war keine Kunst, weil du ja sicherlich auch nichts anderes bekommen hast als Kognak.«
»Aber mit dem Unterschied«, meinte Joschi, »daß ich es bereits zu Hause gewußt und daher meinen Kaffee schon zu Hause getrunken habe.«
»Und wieso *hast* du es gewußt?« fragte ich gereizt.
»Weil ich alles weiß«, sagte Joschi amüsiert.
»Dummkopf«, murmelte ich vor mich hin.
»Wer?«
»Ich.«
»Warum?«
»Weil ich schon so ein nettes Kaffeehaus gefunden hatte und nicht weiß, warum ich wieder hierhergekommen bin.«
»Das kann ich dir sagen«, schmunzelte Joschi. »Weil sich gestern ein Herr an deinen Tisch gesetzt hat – ein Hofrat Wosadka –, der auf das vorgestrige Fernsehspiel schimpfte, ohne zu wissen, daß es von dir war.«
Er hatte recht. »Wieso weißt du das alles?« fragte ich staunend.
»Ich will es dir sagen: Ich habe einen ›Delphi‹ bekommen.«
»Einen – was?«
»Einen ›Delphi‹. Einen elektronischen Hellseher. Ich programmiere ihn mit meinen Daten sowie mit allem, was mich interessiert. Ich weiß, wer mir heute einen Brief schreibt, ich kenne das morgige Wetter, ich weiß, daß Frau Wimmer übermorgen ein Mädchen bekommen wird, obwohl Wimmer sich einen Buben gewünscht hat – ich weiß alles, und das ist wunderbar, nur –«, seine Miene verdüsterte sich, »die Liebe zu IHR macht mich wahnsinnig.«
»Zu wem?« fragte ich verwundert.
»Zu Susanne.«
»Wer ist Susanne?«
»Ein Engel ... eine Fee ... eine Göttin.«

»Wie schaut sie aus?«
»Sie ist schlank, blond, hat blaue Augen ...«
»Und sie liebt dich?«
»Irrwitzig.«
»Wie lange kennst du sie schon?«
»Überhaupt noch nicht.«
Mir gab es einen Ruck. »Wann wirst du sie kennenlernen?« fragte ich.
»Heute.«
»Wo?«
»Hier.«
»Wann?«
»Jetzt.«
Mir trat der Schweiß auf die Stirne. »Du bist verrückt!« sagte ich.
Joschi ließ sich nicht aus der Ruhe bringen. »Da ist sie schon!« sagte er heiter.
Eine junge Dame, schlank, blond, mit blauen Augen, war eingetreten. Sie war hübsch, wenn auch kein Engel, keine Fee, keine Göttin. Trotz allem – ich war starr.
»Wohin wird sie sich setzen?« fragte ich.
»In die Eckloge.«
»Sie geht aber in die entgegengesetzte Richtung.«
»Sie wird es sich anders überlegen.«
Die junge Dame überlegte es sich wirklich anders. Sie kam zurück und setzte sich in die Eckloge. Ich war fassungslos.
»Was wird sie nehmen?« fragte ich gespannt.
»Eine Limonade.«
»Der Anton hat doch gesagt, daß die Zitronen weggesperrt sind ...«
»Der Pikkolo hat inzwischen welche gebracht.«
Wir beobachteten Anton, der die Dame eben nach ihren Wünschen fragte. Ich aufgeregt, Joschi ruhig.
»Was darf es sein?« lasen wir von Antons Lippen ab.
»Eine Limonade«, lasen wir von den Lippen der Dame.
»Anton!« rief ich grimmig.
»Bitte?«
»Sie sagten doch, daß die Zitronen weggesperrt sind?«
»Der Pikkolo hat inzwischen welche gebracht.«
Ich sah Joschi an wie einen Geist.
»Ich habe es gewußt«, sagte er und zuckte mit den Schultern. Anton brachte den Kognak, ich stürzte ihn hinunter, obwohl ich kein Kognakfan bin. Was ich da erlebte, war doch nicht möglich?!

»Bringen Sie mir noch einen Kognak!« sagte ich.
»Anscheinend gefällt sie dir«, lächelte Joschi. »Du müßtest sie sehen, wenn sie mit mir allein ist. So etwas von Leidenschaft ...«
»Warst du denn schon –?«
»Nein, aber ich weiß es.«
Anton brachte den zweiten Kognak. Ich griff nach dem Glas, zitternd wie ein Alkoholiker, der seit einer Viertelstunde nichts zu trinken bekommen hat. »Bringen Sie mir noch einen«, sagte ich. Dann sah ich wieder nach der jungen Dame. Ich weiß nicht, war es die Wirkung des Kognaks – sie schien mir ein Engel zu sein. »Jetzt nimmt sie eine Illustrierte«, sagte ich.

»Liest sie aber nicht«, fuhr Joschi fort, »weil sie uns kontrolliert.«
Ich fuhr mir wie ein Verrückter mit beiden Händen ins Gesicht.
»Wie willst du das sehen? Du schaust doch gar nicht hin?!«
»Ist nicht nötig – ich weiß es.«
Anton brachte den dritten Kognak, ich trank ihn ex. Meine Gurgel brannte. »Bringen Sie mir noch einen«, sagte ich heiser.
»Herr Ober«, rief da die Fee mit einer Stimme, wie ich sie bisher nur im Traum gehört hatte. Anton ging zu ihr, die beiden sprachen leise miteinander.
»Sie will meine Bekanntschaft machen«, erklärte mir Joschi.
»Deine? Vielleicht meine.«
Joschi schüttelte den Kopf. »Meine. Glaub mir.«
Ich, im Lippenlesen bereits geübt, las: »Wer ist dieser nette Herr dort am Nebentisch?« Und las weiter bei Anton: »Herr Tolnay, einer unserer Stammgäste.« Er kam zu uns und raunte Joschi ins Ohr: »Die Dame hat sich nach Ihnen erkundigt.«
Ich, durch drei Kognaks mutig geworden, winkte Anton zu mir: »Fragen Sie diese Göttin, ob wir an ihrem Tisch Platz nehmen dürfen.«
»Sofort!« Anton entfernte sich geschäftig
»Sie wird ›ja‹ sagen«, meinte Joschi überzeugt, »aber du solltest dir keine Hoffnungen machen.«
Anton kam zurück und meldete: »Die Dame meint, es ist sonst nicht ihre Gewohnheit, Kaffeehausbekanntschaften zu machen, aber sie läßt bitten.«
Wir gingen hinüber. »Nehmen Sie Platz!« forderte uns der Engel, die Fee, die Göttin auf.
»Mein Name ist Tolnay ...«
»Mein Name ist Wiener ...«
»Ich heiße Susanne.«
Ich traute meinen Ohren nicht. Susanne hatte sie gesagt. Wirklich Susanne. Joschi hatte es gewußt. »Bringen Sie mir noch einen Kognak!« rief ich Anton zu.
Susanne streichelte Joschis Gesicht mit ihren Blicken. »Mir ist«, hauchte sie, »als hätte ich Ihr Gesicht schon Hunderte Male gesehen!«
Ich versuchte, die Konversation an mich zu reißen. »Das kommt davon«, sagte ich, »wenn man so ein Dutzendgesicht hat.« Keiner lachte. Ich beschloß, diesen Scherz nie mehr zu machen.
Die Feengöttin warf mir einen verächtlichen Blick zu.
»Ihr Gesicht ist so offen, so vertraut«, sagte sie verliebt zu Joschi, »ich wußte, daß ich es eines Tages sehen werde ...«

Sie wußte auch! Ich schluckte den Kognak hinunter.
Susanne nahm Joschi bei den Händen. »Es scheint mir so unwahrscheinlich«, flüsterte sie. »Vor fünf Minuten habe ich Sie noch nicht gekannt, und jetzt –?«
»Wollen wir uns nicht ›du‹ sagen? Ich heiße Joschi.«
»Joschi!« sagte sie exaltiert. »Ja! Du *mußt* Joschi heißen! Kein anderer Name würde so zu dir passen!« Auf mich hatten die beiden vergessen. »Mir ist, als würde ich dich seit Jahren kennen – Joschi!« Sie drückte seine Hand an ihre Wangen.
»Wir kennen uns seit Jahren. Wir waren zusammen in St.-Tropez ... wir lagen am Strand ... wir küßten uns ...«
»Wir?« fragte sie erstaunt.
Joschi korrigierte schnell. »Wir *werden* zusammen in St.-Tropez sein ... es ist nur ... ich weiß alles im voraus ...«
»Weißt du auch, ob du mich lieben wirst?«
»Ich werde dich irrsinnig lieben!«
Susanne erhob sich. »Ich muß gehen«, sagte sie. »Wann sehen wir uns wieder?«
Joschi drückte ihr seine Karte in die Hand. »Ruf mich an!« bat er.
Sie ging.
Ich war wie wahnsinnig. »Wieso hast du wirklich alles gewußt?« fragte ich Joschi.
»Ich sagte dir doch, daß ich einen elektronischen Hellseher habe.«
»Wo bekommt man so etwas?«
»Nicht bei uns. Ein Freund hat ihn mir aus den Staaten geschickt.«
»Verkauf ihn mir!« bat ich.
»Nicht für eine Million Schilling.«
»So viel könnte ich dir auch nicht geben, aber sagen wir fünftausend.« Ich sah ungeahnte Möglichkeiten vor mir. Auch im Beruf. Ich wüßte im vorhinein, ob ein Chanson, ein Bühnenstück Erfolg haben wird. Ich könnte Änderungen vornehmen, Besetzungen ablehnen.
»Bitte, bitte!« flehte ich.
»Okay«, meinte Joschi gutmütig. Fieberhaft griff ich in die Brieftasche, gab ihm fünftausend Schilling – ein Glück, daß ich so viel bei mir hatte – und bekam dafür einen kleinen elektronischen Apparat mit Gebrauchsanweisung. »Ich werde meinen Freund bitten«, sagte Joschi, »daß er mir einen andern schickt. Tschau!« Damit ging er. Er, mein bester, mein einziger Kumpel!
Ich nahm mir den Apparat vor, da gab es Tasten, wenn man die niederdrückte, leuchteten grüne, geheimnisvolle Zeichen auf, ver-

schwanden, kamen wieder – ich werde zu Hause die Gebrauchsanweisung studieren, dachte ich, bezahlte und verließ das Kaffeehaus.
Als ich auf die Straße trat, stand Joschi mit dem Engel, der Fee, der Göttin an der Ecke, und ich konnte sehen, wie sie sich meine fünftausend Schilling teilten.
Eine Überraschung, der zu Hause eine zweite folgte: Der elektronische Hellseher mit den geheimisvollen Zeichen entpuppte sich als chinesischer Taschenrechner, Made in Hongkong.

Sie werden fragen, wieso Joschi die Sache mit dem Hofrat Wosadka wußte? Weil der Hofrat kein Hofrat war, sondern ein engagementloser Schauspieler, der zweihundert Schilling kassierte. Zur Ehre Joschis aber sei gesagt: Er stottert die fünftausend Schilling bei mir ab, und wenn er weiterhin so pünktlich bezahlt wie bisher, werde ich am 21. August 2000 mein Geld wiederhaben.

Ich erinnere mich an meine Schulzeit.
»Müller«, fragte der Lehrer in der Rechenstunde meinen Nebenmann, »wenn du fünfzehn Orangen hast, und ich nehme drei davon weg, wie viele Orangen hast du dann?« Müller schwieg.
»Na«, ermunterte ihn der Lehrer, »diese Aufgabe hatten wir doch schon einmal.«
»Ja«, sagte Müller, »aber mit Äpfeln.«
Diese Zeiten sind vorüber. Aus der Rechenstunde ist eine Mathematikstunde geworden, die Kinder rechnen anstatt mit dem Hirn mit elektronischen Taschenrechnern, die sind verläßlich, die sind genau, die zeigen kein falsches Ergebnis – außer sie sind kaputt. Ladis Lehrer ist noch ein Mann der alten Schule. Er achtet darauf, daß die Kinder das Kopfrechnen nicht verlernen – und so kam es eines Tages zu

Ladis Rechenproblem

Ladis Eltern waren auf Schiferien, weshalb Ladi vierzehn Tage bei uns verbrachte.
Als ich am zweiten Tag, nach dem Mittagessen, in mein Arbeitszimmer trat, saß Ladi an meinem Schreibtisch. »Was machst du da?« fragte ich.
»Meine Rechenaufgabe«, antwortete Ladi.
»Das ist gut«, lobte ich ihn.
»Das ist *nicht* gut«, sagte er, »weil ich mich nicht auskenne.«
Ich wurde strenger. »Versuch es nur«, sagte ich, »es wird schon gehen.«
Ich beobachtete ihn. Er schrieb, strich durch, schrieb, strich durch – bis ich endlich eingriff. »Zeig her!« forderte ich ihn auf. »Ich werde dir helfen.« Ladi gab mir das Buch. Ich las:
»Ein Mann läßt sich für dreitausend Schilling einen Anzug machen. Da seine Frau bei dem Schneider vorüberkommt, bittet der Mann sie, den Betrag mitzunehmen. Der Frau gelingt es, dem Schneider fünfhundert Schilling abzuhandeln. Am Nachhauseweg denkt sie: Meinem Mann werde ich sagen, der Schneider hat zehn Prozent nachgelassen, das sind dreihundert Schilling, und zweihundert werde ich für mich behalten. Na und?« fragte ich Ladi.

»Wenn die Frau zehn Prozent abgehandelt hat«, sagte Ladi, »zehn Prozent von dreitausend sind dreihundert – dann hätte der Mann für den Anzug zweitausendsiebenhundert bezahlt. Zweihundert hat die Frau für sich behalten, sind zweitausendneunhundert – wo sind die restlichen hundert Schilling?«

»Das ist doch ein Unsinn!« sagte ich. »Paß auf! Die Frau bezahlt dem Schneider um fünfhundert Schilling weniger, ihrem Mann sagt sie aber, daß der Schneider zehn Prozent nachgelassen hat – das sind bloß dreihundert –, und zweihundert behält die Frau für sich. Der Anzug hat also zweitausendsiebenhundert gekostet, zweihundert hat die Frau behalten, sind zweitausendneunhundert – wo sind wirklich die restlichen hundert Schilling?«

Ladi triumphierte. »Du weißt es auch nicht!« rief er.

»Sei nicht dumm!« sagte ich kurz. »Du kannst nicht rechnen!«

»Du aber auch nicht!« freute sich Ladi.

»Ich schon!« entgegnete ich hart. »Das ist doch ganz einfach. Die Frau bekommt von dem Mann dreitausend Schilling, sie handelt dem Schneider fünfhundert ab, behält sich davon zweihundert, und sagt dem Mann, der Schneider hat zehn Prozent nachgelassen. Der Mann hat also für den Anzug zweitausendsiebenhundert Schilling bezahlt, zweihundert hat die Frau behalten, sind zweitausendneunhundert –«

»Wo sind die restlichen hundert Schilling?« lachte Ladi und hüpfte im Zimmer herum. Ich fühlte, wie ich rot wurde. »Setz dich«, befahl ich ihm. »Wir rechnen das noch einmal durch! So lange, bis du es verstehst!«

»Du verstehst es doch auch nicht!«

»Ruhe!« kommandierte ich. »Gib acht! Ein Mann läßt sich für dreitausend Schilling einen Anzug machen –«

Meine Frau kam ins Zimmer. »Was macht ihr da?« unterbrach sie mich.

»Ladi hat eine Rechenaufgabe und kann sie nicht lösen.«

»Und der Onkel auch nicht!« jubelte Ladi.

»Ich habe andere Sorgen!« sagte ich, etwas laut.

»Schrei nicht mit dem Kind!« wies meine Frau mich zurecht. »Mit Kindern muß man Geduld haben!« Sie wandte sich liebenswürdig Ladi zu. »Gib mir das Buch!« flötete sie und las: »Ein Mann läßt sich für dreitausend Schilling einen Anzug machen. Da seine Frau bei dem Schneider vorüberkommt, bittet der Mann sie, den Betrag mitzunehmen. Der Frau gelingt es, dem Schneider fünfhundert Schilling abzuhandeln. Am Nachhauseweg denkt sie: Meinem Mann werde ich sagen, der Schneider hat zehn Prozent nachgelassen, das sind dreihundert Schilling, und zweihundert werde ich für mich behalten.«

»Der Mann hat also zweitausendsiebenhundert Schilling bezahlt«, setzte Ladi siegesgewiß fort, »zweihundert hat die Frau behalten, sind zweitausendneunhundert – wo sind die restlichen hundert Schilling?«

Meine Frau stutzte. »Wo sind die restlichen hundert Schilling?« fragte sie mich in einem Ton, als ob ich sie unterschlagen hätte.

»Das ist es ja, was Ladi nicht weiß!« sagte ich.

»Und der Onkel auch nicht – und die Tante auch nicht!« rief Ladi glückselig.

»Das ist nicht wahr!« fuhr meine Frau ihn an.

»Schrei nicht mit dem Kind!« rügte ich sie. »Mit Kindern muß man Geduld haben!«

Meine Frau warf mir einen gereizten Blick zu. Dann sagte sie zu Ladi, äußerst freundlich: »Komm, Ladi – das werden wir gleich haben. Ein Mann läßt sich für dreitausend Schilling einen Anzug machen. Verstehst du das?«

»Ja!« sagte Ladi belustigt.

»Da seine Frau bei dem Schneider vorüberkommt, bittet der Mann sie, den Betrag mitzunehmen.«

»Ja!« sagte Ladi wieder.

»Der Frau gelingt es, dem Schneider fünfhundert Schilling abzuhandeln.«

»Ja!« sagte Ladi, und es gelang ihm kaum noch, das Lachen zu verbeißen. Je mehr meine Frau sich dem Ende näherte, um so mehr freute er sich.

»Am Nachhauseweg denkt sie: Meinem Mann werde ich sagen, der Schneider hat zehn Prozent nachgelassen, das sind dreihundert Schilling, und zweihundert werde ich für mich behalten.«

»Ja!« jauchzte Ladi.

Meine Frau kam zum Schluß: »Der Mann hat also für den Anzug zweitausendsiebenhundert Schilling bezahlt, zweihundert hat die Frau für sich behalten, sind zweitausendneunhundert –«

»Wo sind die restlichen hundert Schilling?« riefen Ladi und ich schadenfroh.

Meine Frau ärgerte sich. »Du bist genauso dumm wie der Bengel!« zischte sie mich an.

»Beleidige das Kind nicht«, sagte ich ernst. »Mit Kindern muß man Geduld haben.«

Ladis Großpapa trat ein. »Was macht ihr da?« fragte er.

»Wir rechnen«, antwortete meine Frau. »Der Kleine hat eine

Rechenaufgabe und kann sie nicht lösen.«
»Und die Großen auch nicht!« freute Ladi sich wieder.
»Gib her«, sagte der Großpapa. »Ich war immer einer der besten Rechner.« Ladi gab ihm das Buch, und er las: »Ein Mann läßt sich für dreitausend Schilling einen Anzug machen. Da seine Frau bei dem Schneider vorüberkommt, bittet der Mann sie, den Betrag mitzunehmen. Der Frau gelingt es, dem Schneider fünfhundert Schilling abzuhandeln. Am Nachhauseweg denkt sie: Meinem Mann werde ich sagen, der Schneider hat zehn Prozent nachgelassen, das sind dreihundert Schilling, und zweihundert werde ich für mich behalten. Was wollt ihr wissen?«
»Der Mann hat für den Anzug zweitausendsiebenhundert Schilling bezahlt«, sagte meine Frau.
»Zweihundert hat sie für sich behalten«, sagte ich.
»Sind zweitausendneunhundert«, sagte Ladi.
»Und?« fragte der Großpapa.
»Wo sind die restlichen hundert Schilling?« fragten wir alle drei. Den Großpapa riß es herum. »Wo sind die restlichen hundert Schilling?« fragte er. »Die muß doch einer haben?!« Um es kurz zu machen: Meine Frau und ich stritten bis in die Nacht hinein. Sie schimpfte auf alle Männer, die zu faul sind, um selbst zum Schneider zu gehen – ich schimpfte auf alle Frauen, die sich nicht scheuen, ihre Männer um zweihundert Schilling zu betrügen, Ladi hatte einen herrlichen Tag hinter sich – und der Großpapa sitzt heute noch in einer Nervenheilanstalt und rechnet, wohin die restlichen hundert Schilling gekommen sind.

Dabei ist die Lösung ganz einfach. Wissen Sie sie? Ich nicht.

Wenn man im Leben keine Rolle spielt, spielt das keine Rolle. Wenn man als Schauspieler an einem Theater engagiert ist und keine Rolle spielt – dann spielt das eine Rolle. Mit diesem Schicksal hat sie sich abzufinden. Wer?

Die zweite Besetzung

Über den Schauspieler Toplitz habe ich in einem meiner Bücher berichtet. Auch wie er vom kleinen Künstler zum großen Star avancierte. Heute ist Toplitz prominent, und wenn man vom Theater spricht, spricht man von Toplitz. Nun hatte Toplitz einen Sohn, der, wie alle Söhne von großen Schauspielern, zum Theater gehen wollte, und der, wie alle Söhne von großen Schauspielern, auch ein Engagement bekam. Ein Engagement an einem Staatstheater, wenn auch vorerst nur als zweite Besetzung. Er studierte den Hamlet, den Romeo, den Don Carlos – aber er spielte sie nicht. Da müßte erst die erste Besetzung krank werden, und Heinz Krispin – so hieß diese erste Besetzung – erfreute sich der besten Gesundheit. Toplitz – oder Topp, wie er sich zum Unterschied von seinem Vater nannte – suchte vergebens Spuren von Leiden in Krispins Gesicht zu entdecken – er fand keine. »Lieber Gott«, betete er jeden Abend, »mach, daß Krispin etwas zustößt! Es muß ja nichts Schlimmes sein. Ein kleines Malheur, eine plötzliche Heiserkeit. Wenn er nur eine einzige Vorstellung absagen müßte, damit ich vor Presse und Publikum meine Begabung zeigen könnte, wäre ich zufrieden!« Gott erhörte ihn nicht. Krispin hatte kein Malheur und wurde nicht heiser.
Während einer Hamletprobe hatte Krispin einen Einfall. »Ich werde von der Friedhofsmauer hinunterspringen«, sagte er. Topp war überglücklich. »Jetzt!« ließ er den lieben Gott wissen. »Jetzt ist die Gelegenheit da! Ein kleiner Muskelriß, eine winzige Bänderzerrung, und ich bin gemacht!« Nichts. Kein Muskelriß, keine Bänderzerrung. Krispin kam unversehrt unten an. Wäre er eine Mondsonde gewesen, hätte man von einer weichen Landung sprechen können.
Topp beschloß, eine härtere Methode anzuwenden. Er verbrachte, nur mit einem Pyjama bekleidet, eine Winternacht im Freien. Mit

Husten und Schnupfen ausgestattet, suchte er Krispin in seiner Garderobe auf, um ihm zu dem gestrigen Sprung zu gratulieren. »Herrlich! Höchste Höhe!« sagte er und hauchte ihm mit jedem H ein paar Bazillen ins Gesicht. Dann setzte er sich in die Künstlerloge. Längstens im 3. Akt müssen sich bei Krispin die ersten Anzeichen einer Erkältung zeigen, und dann wird man *ihn* holen, damit er das Stück zu Ende spielt. Nichts. Krispins Stimme war klarer denn je – Topp wurde nicht geholt.
Nun führte er einen Schlag, der schon ans Verbrecherische grenzte. Nach einer Probe, nachdem alle das Haus verlassen hatten, streute er Reißnägel auf die Bühne – und zwar auf einen Weg, den Krispin unbeschuht zurücklegen mußte, um zu seiner Partnerin zu gelangen. Topp lachte sich hämisch in das bekannte Fäustchen. Er sah Krispin im Geist vor sich, sah ihn in seiner Heldenpose auftreten, hörte ihn einen Schrei ausstoßen und sah ihn, unter dem Gejohle des Publikums, auf einem Fuß auf der Bühne herumhüpfen. Er wußte nicht, daß Krispin diesen Auftritt vor der Vorstellung geändert hatte. Er hatte seine Partnerin gebeten, ihn, nach seinem Erscheinen auf der Szene, einige Sekunden bewegungslos stehen zu lassen und ihm dann, nach Abebben des Applauses, entgegenzueilen. Topp saß erwartungsvoll in der Künstlerloge. Krispin trat auf, Applaus des Hauses, er blieb stehen und jetzt – was war das? Anstatt sich vorwärtszubewegen, wie er es bei den Proben getan hatte, rührte er sich nicht vom Fleck – die Heroine, die ebenfalls keine Schuhe trug, eilte ihm entgegen, stieß einen Schrei aus und hüpfte auf einem Fuß auf der Bühne herum. Alles war anders gekommen, als Topp es sich ausgemalt hatte. Nur das Gejohle des Publikums war da. Und was ihn am meisten schmerzte: die zweite Besetzung der Heroine wurde geholt, um die Rolle weiterzuspielen.
Topp ballte die Fäuste. Krispin mußte einen Pakt mit dem Teufel geschlossen haben. Topp war auch *dazu* bereit. Um Mitternacht saß er in seinem Zimmer und sprach laut und vernehmlich, wie er es in der Theaterschule gelernt hatte: »Höre mich, Satan! Wenn du mir hilfst und mich eine Vorstellung spielen läßt, verkaufe ich dir meine Seele!« Im selben Augenblick roch es nach Schwefel – Topp, der sich eben mit einem Streichholz eine Zigarette anzünden wollte, hatte sich die Finger verbrannt. Der Teufel erschien nicht. Selbst der ließ ihn im Stich. Oder vielleicht doch nicht? In Topps Gehirn entstand ein mörderischer Plan. Was spielte man am nächsten Tag? Hamlet. Gut. Topp schickte vor der Vorstellung einen Blumenstrauß sowie eine Bonbonniere an Krispin. Anonym natürlich. Der Blumenstrauß war ungefährlich, aber die Bonbons in der Bonbonniere

waren mit einem Abführmittel gefüllt. Topp freute sich diebisch auf das Gesicht, das Krispin machen wird, wenn er die ersten Krämpfe verspürt. Aber ach! Krispin, der für Süßigkeiten nichts übrig hatte, verehrte die Bonbonniere seiner Partnerin. So kam es, daß Ophelia an jenem Abend einige Male von der Szene verschwinden mußte und am Schluß nicht einmal in ein Kloster gehen konnte. Der Weg wäre zu weit gewesen. Und was Topp am meisten ärgerte: am folgenden Tag wurde die Ophelia von der zweiten Besetzung gespielt.
Topp gab auf. Da, eines Tages, als er es am wenigsten erwartete, bekam Krispin einen Nervenzusammenbruch. Topp wurde geholt, um am Abend den Romeo zu spielen. Beschwingt eilte er ins Theater, machte vor Freude einen Luftsprung und zog sich einen Knöchelbruch zu. Den Romeo spielte die dritte Besetzung, ein junger Mann namens Warnthaler.
Nach sechs Wochen wurde Topp gesund. Nun wird er spielen. Leider mußte er durch die Zeitung erfahren, daß ihm Krispin um einen Tag voraus war. Er spielte bereits wieder seine alten Rollen.

Wie es weiterging? Krispin beging Kontraktbruch und ging nach München. Warnthaler, durch sein Einspringen für Krispin bekannt geworden, wurde nach Zürich engagiert. Topp wurde erste Besetzung. Die zweite Besetzung war ein gewisser Messenhauser. Er studierte den Hamlet, den Romeo, den Don Carlos – aber er spielte sie nicht. Da müßte erst Topp, die erste Besetzung, krank werden. Messenhauser suchte vergebens Spuren von Leiden in Topps Gesicht zu entdecken – er fand keine. Topp erfreute sich der besten Gesundheit.

Unter allen berühmten letzten Worten sind vielleicht jene die besten, die Joseph Wood Krutch sagte, ehe er starb. Sie lauteten: »Ich habe mich in meinem Leben noch nie so wohl gefühlt.«

Letzte Worte

Joschi und Bamberg saßen im Kaffeehaus und spielten Domino. Joschi sah seinen Partner prüfend an. Einmal, zweimal, dreimal. Bamberg unterbrach die Partie.
»Warum schauen Sie mich so an?« fragte er.
»Ich überlege«, sagte Joschi.
»Was überlegen Sie?«
»Ich wollte Ihnen etwas vorschlagen, aber – lassen wir es lieber. Sie kommen dran.«
»Moment.« Bamberg legte den Dominostein hin, den er eben ansetzen wollte. »Erst will ich wissen, was Sie mir vorschlagen wollten – und dann, warum Sie sich's plötzlich anders überlegt haben.«
Joschi zögerte. »Ich weiß nicht, ob Sie die richtige Persönlichkeit sind«, meinte er. »Es gehört ein gewisses ›INDIEZUKUNFTSCHAUEN‹ dazu.«
»Und Sie denken, das habe ich nicht?« Bamberg war sichtlich verschnupft.
»Ich weiß es nicht«, gab Joschi zu, »aber wenn Sie es durchaus wissen wollen.« Er machte eine Pause, dann begann er. »Es ist Ihnen doch bekannt, daß wir alle einmal sterben müssen.«
»O je!« lachte Bamberg. »Eine Lebensversicherung!«
»Nein.«
»Eine Sterbeversicherung?«
»Auch nicht. Ich bin kein Versicherungsvertreter. Ich bin Dichter und halte es für meine Pflicht, Menschen beizustehen, die nicht so poetisch veranlagt sind wie ich. Sie, Herr Bamberg, sind zum Beispiel ein nüchterner Kaufmann ... kalt, berechnend, auf Gewinn bedacht. Sie haben keine Zeit, sich mit großen Dingen zu befassen. Und Menschen wie Sie gibt es, allein in unserer Stadt, Hunderttausende. Diesen Menschen möchte ich helfen, diesen Menschen möchte ich etwas anbieten, etwas verkaufen ... Auch

Ihnen, Herr Bamberg, aber ich fürchte, Sie werden mich nicht verstehen ...«
»Sie halten mich anscheinend für dumm?« fragte Bamberg eingeschnappt.
Joschi wand sich wie ein Wurm. »Das nicht«, sagte er.
»Dann reden Sie doch. Was wollen Sie mir verkaufen?«
»Ihre letzten Worte.«
»Meine – was?« fragte Bamberg erstaunt.
»Ihre letzten Worte. Staunen Sie nicht, Sie haben richtig gehört. Sie ahnen nicht, wie wichtig es ist, was man sagt, bevor man diese Welt verläßt. Was wird Ihre Frau, was werden Ihre Kinder sagen, wenn sie, nach Ihrem Tod, von Ihnen erzählen werden? Sie werden weinen und werden sagen: ›Seine letzten Worte waren ... usw.‹ Das ist etwas Bleibendes – das ist wie ein Denkmal. Wir wissen heute noch, was Goethe vor seinem Tod sagte. ›Mehr Licht!‹ Oder Wallenstein. ›Ich gedenke einen langen Schlaf zu tun!‹ Oder Cäsar. ›Auch du, mein Sohn Brutus?‹ Aber Sie? Was werden *Sie* sagen? Nichts. Sie werden daliegen, werden ein dummes Gesicht machen, und es wird Ihnen nichts einfallen.«
»Glauben Sie?«
»Ich bin davon überzeugt.«
»Und Sie würden mir etwas verkaufen, was ich sagen könnte?«
»Ja.«
»Und was kostet das?«
»Bis zu fünf Worten dreitausend Schilling. Wenn es länger ist, pro Wort tausend Schilling mehr.«
»Hm.« Bamberg kratzte sich nachdenklich am Kinn. Dann fragte er: »Hätten Sie etwas Kurzes für mich?«
»Lassen Sie mich nachschauen.« Joschi nahm einen Katalog heraus und überflog die Seiten. »Das ist zu lang«, murmelte er. »Das wäre gut, ist aber auch zu lang ... das wäre vielleicht das richtige, aber ...«
»Lassen Sie mich schon etwas hören!« unterbrach Bamberg ihn ungeduldig.
»Passen Sie auf. Sie müssen sich natürlich die Situation vorstellen. Ihre Frau und Ihre Kinder sind an Ihrem Bett versammelt – und jetzt sagen Sie mit schwacher Stimme: ›Merkt euch – was mir am Leben nicht gefallen hat ... man wird zu früh alt und zu spät gescheit.‹«
Joschi sah Bamberg erwartungsvoll an.
Bamberg schüttelte den Kopf. »Das ist nichts für mich. Das klingt, als ob ich zeit meines Lebens ein Trottel gewesen wäre.«

»Suchen wir weiter«, meinte Joschi, »ich habe ja eine größere Auswahl. Wie gefällt Ihnen das: ›Merkt euch – je weniger einer zu sagen hat, desto länger braucht er dazu.‹«
»Das ist auch nichts. Erstens wird man denken, daß ich nichts zu sagen gehabt hätte, und zweitens ist es mir zu lang. Haben Sie nichts Billigeres?«
»Lassen Sie mich suchen.« Joschi blätterte. »Hier!« sagte er plötzlich. »Etwas besonders Preiswertes! Hören Sie zu: ›Merkt euch!‹«
»Muß man immer ›Merkt euch‹ sagen?«
»Unbedingt. Das ist eindrucksvoll und kostet nichts. Das ›Merkt euch‹ ist gratis.«
»Und was ist das, was so preiswert ist?«
Joschi las: »Merkt euch – das Hörensagen ist das Radio des Teufels.«
»Nichts«, sagte Bamberg. »In meinen letzten Worten will ich nicht vom Teufel reden.«
»Das ist durchaus verständlich«, pflichtete Joschi ihm bei. »Übrigens sehe ich eben, daß ich das bereits an Berger verkauft habe.«
»An Berger?« Bamberg wurde neugierig. »Berger hat auch gekauft?«
»Alle haben gekauft. Berger, Stummer, Wurmbach ...«
»Was hat der Stummer gekauft?«
»Der Stummer hat gekauft: ›Merkt euch – ein gutes Gewissen haben heute nur die Gewissenlosen!‹, der Wurmbach: ›Merkt euch – heute ist die wichtigste Sprache die Fürsprache!‹, der Rodinger: ›Merkt euch – wenn ihr schon Lehrgeld zahlen müßt, dann hebt euch die Quittung auf ...‹«
»Da muß sich doch auch für mich etwas finden.«
»Ganz sicher«, beruhigte ihn Joschi. »Lassen Sie mich nur suchen. Wie wäre das? ›Merkt euch –‹«
»Das ›Merkt euch‹ macht mich wahnsinnig!« unterbrach ihn Bamberg. »Auch finde ich die Aussprüche, die Sie mir anbieten, etwas zu ernst.«
Joschi wurde ungeduldig. »Wenn Sie als letzte Worte einen Witz erzählen wollen«, sagte er gereizt, »können Sie auch *das* haben. Wie gefällt Ihnen der? ›Merkt euch – der Grün und der Blau treffen sich –‹«
»So habe ich doch das nicht gemeint«, besänftigte ihn Bamberg. »Machen Sie mir weitere Offerte.«
»Es ist schwer mit Ihnen, aber ich glaube, jetzt habe ich's. Passen Sie

auf: ›Merkt euch – übermorgen wird morgen gestern sein.‹«
Bamberg dachte nach. »Das verstehe ich nicht«, sagte er dann.
»Das ist doch ganz einfach. Heute ist Mittwoch, übermorgen ist Freitag, so ist morgen Donnerstag.«
»Dafür soll ich dreitausend Schilling bezahlen? Das hätte ich ohne Sie auch gewußt.«
»Das ist doch symbolisch gemeint«, versuchte Joschi ihm zu erklären. »Das heißt: Übermorgen ist Freitag, und der morgige Donnerstag ist der gestrige Donnerstag. Also: ›Merkt euch – übermorgen wird morgen gestern sein.‹«
Bamberg überlegte. »Ich verstehe es noch immer nicht, aber es klingt gut«, sagte er.
»Gut?« entrüstete sich Joschi. »Nietzsche hätte nichts Besseres einfallen können.«
»Dann bleiben wir dabei«, entschied Bamberg.
»Bitte. Hier haben Sie den Vertrag«, Joschi überreichte ihm ein Formular, macht dreitausend Schilling.«
»Hier.« Bamberg bezahlte.
»Damit«, sagte Joschi, »haben Sie das alleinige Recht erworben, Sie und nur Sie allein, die obenstehenden Worte als Ihre letzten Worte gebrauchen zu dürfen.«
Ich betrat das Lokal und ging, wie immer, auf Joschi zu. »Servus!« grüßte ich. »Guten Morgen, Herr Bamberg! Wie geht es? Was macht das Geschäft?«
Bamberg seufzte. »Geschäft! Die Steuern, die Miete, die Angestellten – wenn ich den Laden aufsperre, habe ich schon zweitausend Schilling Spesen.«
»Darüber sollten Sie sich keine Sorgen machen«, sagte ich leichthin. »In Ungarn gibt es ein Sprichwort, das heißt: Übermorgen wird morgen gestern sein.«
Bamberg starrte mich an. »Was haben Sie da gesagt?« fragte er.
»Übermorgen wird morgen gestern sein«, wiederholte ich ahnungslos und wußte nicht, weshalb mir Joschi unterm Tisch einen Tritt gab.
Bamberg wandte sich Joschi zu. »Geben Sie mir sofort mein Geld zurück, und verlassen Sie meinen Tisch!« schrie er wütend. Ich wußte nicht, was da vorging. Ich sah nur, daß Joschi bleich wurde, in die Tasche griff und dreitausend Schilling hinblätterte. »Und wenn Sie es noch einmal wagen sollten, sich an meinen Tisch zu setzen, dann werde ich dem Ober den Auftrag geben, Sie abzuservieren! Merkt euch – das sind meine letzten Worte!«

Joschi und ich verließen schleunigst das Lokal. Auf der Straße erfuhr ich, was ich verschuldet hatte.
Joschi hat den Handel mit LETZTEN WORTEN nicht aufgegeben. So verkaufte er Wimmer: »Merkt euch – manche Menschen arbeiten sich zu Tod, um besser leben zu können!« und Pfandl: »Merkt euch – die Hoffnung ist ein Huhn, das mehr Eier legt, als es ausbrüten kann!« Nur Wronsky kaufte nichts. Er sagte: »Merkt euch – bei uns hat immer meine Frau das LETZTE WORT!«

Mit zu gutem Essen hat sich schon mancher den Charakter verdorben – und doch: Es geht nichts über

Ein gutes Menü

»Endlich!« knurrte mein Magen, als ich mich spätabends entschloß, ein Restaurant aufzusuchen. Ich war den ganzen Tag im Theater gewesen – Hauptprobe, Generalprobe, Besprechung, bei der uns, wie immer, klarwurde, daß man alles hätte anders machen müssen – und hatte seit dem Frühstück nichts gegessen. Der Direktor ging nach Hause, der Regisseur ging sich erschießen, der Komponist hängte sich auf, und ich ging essen. Und zwar nicht ins Theaterrestaurant, wo mir die Hauptdarsteller böse Blicke zuwerfen würden – die Küsse folgen erst nach der Premiere auf der Bühne –, sondern in ein Nobelrestaurant, und ich wußte auch schon, in welches. Es wird zwar kostspielig sein, aber wennschon. Heute war mir nach gutem Essen zumute.
Das Lokal war noch ziemlich voll, ich setzte mich an einen Tisch und nahm die Speisenkarte zur Hand. Von den Obern war keiner zu sehen, so daß ich mir mit Muße ein schönes Menü zusammenstellen konnte. Ich mag es nicht, wenn der Ober oder die Oberin beim Tisch stehen und ungeduldig auf die Bestellung warten. Ich male mir aus, was sie dabei denken, und bestelle dann das erstbeste, was mir unter normalen Umständen niemals einfallen würde. Heute war es anders, heute ließen sie mir Zeit zur Überlegung.
Genüßlich öffnete ich die Speisenkarte. Natürlich werde ich mit einer Suppe beginnen, aber mit welcher? Fischbeuschelsuppe – das ist es! Das heißt, das ist es nicht. Bei der heutigen Wasserverschmutzung soll man nichts vom Fisch essen. Geflügelsuppe? Auch nicht. Ich habe gelesen, daß die Hühner mit hormonhaltigem Futter ernährt werden, daß also Geflügel nicht zu empfehlen ist. Vielleicht Kalbfleischpüreesuppe? Ja – dabei bleibe ich. Oder Rindsuppe mit Leberknödeln? Ich schwanke. Moment, da steht noch etwas. Spargelcreme! Meine Lieblingssuppe! Also keine Rindsuppe mit Leberknödeln, sondern Spargelcreme. Natürlich werde ich auch eine Vorspeise nehmen. Was gibt es? Spargel, in Salzwasser gekocht, mit Butter und Bröseln. Sehr gut – passen aber nicht zur Spargel-

creme. Also doch Rindsuppe mit Leberknödeln. Oder Kalbfleischpüreesuppe? Kalbfleischpüreesuppe. Rindsuppe mit Leberknödeln bekomme ich auch zu Hause. Den Anfang hätte ich also: Kalbfleischpüreesuppe, Spargel, in Salzwasser gekocht, mit Butter und Bröseln – weiter? Kalbsbraten garniert. Ich überlege: Kalbsbraten garniert liebe ich, aber er schlägt sich mit der Kalbfleischpüreesuppe. Also Spargelcreme – Moment, die schlägt sich wieder mit dem Spargel, in Salzwasser gekocht, also eine andere Vorspeise. Lebersoufflé. Wunderbar! Das heißt, erwog ich, vor dem Schlafengehen und nach der Kalbfleischpüreesuppe etwas schwer für den Magen. Lieber Rindsuppe mit Leberknödeln, Spargel, in Salzwasser gekocht, und Kalbsbraten garniert. Was steht da in der Klammer? Kleine Karotten, Blätterspinat, Spargel – da passen wieder die Spargel, in Salzwasser gekocht, nicht dazu. Also doch Lebersoufflé. Ich habe aber die Rindsuppe mit Leberknödeln – und zweimal Leber? Ich habe die Lösung. Kalbfleischpüreesuppe und eine andere Fleischspeise. Vielleicht etwas vom Rind. Tournedos à la Rossini. Auf Semmelcroutons angerichtete Tournedos mit gebratener Gansleber und Trüffelscheiben. Das Wasser lief mir im Mund zusammen. Aber was geschieht mit der Vorspeise? Lebersoufflé *und* gebratene Gansleber – das vertrage ich bestimmt nicht. Also Tournedos à la Rossini, und, statt der Kalbfleischpüreesuppe, lieber Rindsuppe mit Leberknödeln. Da könnte ich eigentlich bei dem garnierten Kalbsbraten bleiben. Nein. Jetzt habe ich mich für Tournedos à la Rossini entschieden, und ich bin ein Mensch, der, wenn er sich einmal für etwas entscheidet, auch dabeibleibt. Zu den Tournedos werde ich mir ein Apfelkompott bestellen. Fehlt noch die Nachspeise. Wo stehen die Nachspeisen? Hier. Die Torten überflog ich. Ich mag keine Torten. Das heißt, eine feine Sachertorte oder eine gute Nußtorte wäre nicht zu verachten. Malakofftorte? Nein. Torten machen zu dick. *Da* ist etwas für mich: Apfelstrudel! Natürlich muß ich dann auf das Apfelkompott verzichten. Was nehme ich? Zwetschkenröster? Nein. Vielleicht entscheide ich mich für einen Kaiserschmarren, und der ist ohne Zwetschkenröster undenkbar. Was nehme ich statt des Apfelkompotts? »Trottel!« knurrte mein Magen. »Hast du noch nie etwas von Ananasscheiben gehört?« Er hatte recht, zu den Tournedos passen am besten Ananasscheiben. Was hatte ich bloß neulich mit Ananasscheiben gegessen? Ich weiß es schon. Beefsteak Hawaii. Soll ich vielleicht statt der Tournedos lieber ein Beefsteak Hawaii –? Nein. Ich bleibe bei den Tournedos, und zwar werde ich Reis dazu nehmen. Augenblick – habe ich etwas, das nicht zu dem Reis paßt? Nein. Also Reis.

Reissuppe wäre eigentlich auch nicht schlecht. Ich schaue unter »Suppen« nach – Reissuppe. Fort also mit der Rindsuppe mit Leberknödeln. Dann könnte ich ja aber als Vorspeise wieder Lebersoufflé nehmen und den garnierten Kalbsbraten? Schluß. Ich sehe den Ober auf mich zukommen, ich muß mich entscheiden.
»Sie wünschen, mein Herr?« fragt der Ober mit einem 50-Schilling-Trinkgeldlächeln.
»Passen Sie auf!« sage ich. »Ich möchte eine Reissuppe, als Vorspeise Lebersoufflé, dann Tournedos à la Rossini mit Ananasscheiben, und einen Apfelstrudel.«
»Leider«, bedauerte der Ober, »um diese Zeit haben wir keine warmen Speisen mehr.«

Im Kaffeehaus nebenan bekam ich durch Protektion – ich kenne den Ober aus der Zeit, in der er noch Ballettänzer war – eine Gulaschsuppe, die ich hinunter stürzen mußte, weil der Ober bereits den Mantel anhatte.
Womit wieder einmal bewiesen ist, daß man den Tag nicht vor dem Abendessen loben soll.

Wenn Sie morgens früher aufstehen als Ihr Nachbar, härter arbeiten als er, länger wachbleiben als er, nur um mehr Geld zu machen als er, wenn Sie nachts weiterschuften, während er schläft, dann werden Sie ein größeres Vermögen hinterlassen als er – allerdings früher als er.
Diese Weisheit gilt für uns alle – auch für den

Bestsellerautor

Der Bestsellerautor sitzt am Schreibtisch. Er ist zufrieden, seine Bücher sellen sich best. Stehen sie länger als sechs Monate auf der Bestsellerliste, werden sie verfilmt, wobei sie meist jene Elemente verlieren, die sie zu Bestsellern gemacht haben. Und dann geht's los. Ein Filmautor schreibt das Drehbuch, ein zweiter bearbeitet es, ein dritter schreibt es um, ein vierter wirft es weg, ein fünfter schreibt es neu, ein sechster zerreißt es, ein siebenter bekommt einen Nervenzusammenbruch, ein achter berücksichtigt die Wünsche des Regisseurs, ein neunter die der Stars, und ein zehnter schreibt eine Rolle für die Freundin des Geldgebers hinein. Der Bestsellerautor wird zur Premiere geladen – er ist hochzufrieden. Von der Filmversion seines letzten Buches bekommt er die Idee zu seinem nächsten – und es wird wieder ein Bestseller.
Der Bestsellerautor also sitzt am Schreibtisch. Rechts eine Sekretärin, links eine Sekretärin, vor sich drei Telefone. Er diktiert nach rechts: »Die Tür wurde aufgerissen, aber ebenso schnell wieder geschlossen. Thompson stand vor Mike Duncan, die Pistole im Anschlag. ›Sind Sie Kommunist?‹ fragte er.« Er diktiert nach links: »Violets Appartement lag im obersten Stockwerk eines Wolkenkratzers in der East 77th Street. Joe Mills drückte den elektrischen Klingelknopf. Violet öffnete ihm die Tür. Sie war nackt.« Nach rechts: »›Well!‹ sagte er.« Nach links: »›Well!‹ sagte sie.« Die Mädchen schreiben.
Telefon Nr. 1 schnarrt. Der Bestsellerautor – in der Folge nur noch Autor genannt – hebt ab. »Ja?« meldet er sich. »Minerva-Verlag? Der Mord im Kleiderschrank? Fehlen noch 20 Seiten. Bis morgen früh? Okay.« Er legt auf und diktiert nach rechts: »Aus Mikes Augen schwand das Lächeln. Mrs. Crocker betrat

nichtsahnend das Zimmer.«
»Verzeihung«, unterbricht das Mädchen links, »Mrs. Crocker gehört mir.«
»Stimmt.« Nach rechts: »Bob Hunter stürzte aus dem Badezimmer und warf sich auf Thompson.«
»Bob Hunter ist tot«, erinnert das Mädchen rechts. »Carrington hat ihn aus einem Fenster des 80. Stockwerks geworfen.«
»Richtig«, meinte der Autor. »Schreiben Sie: Der von allen längst totgeglaubte Bob Hunter stürzte aus dem Badezimmer und warf sich auf Thompson.«
Telefon Nr. 2 schnarrt. Der Autor hebt ab. »Quadriga Verlag? Das Haar in der Mülltonne? Fehlen noch 100 Seiten. Bis morgen mittag? Okay.« Er legt auf, diktiert nach links: »Violet lächelte zauberhaft. ›Wollen Sie nicht eintreten?‹ fragte sie. Er trat ein. Im selben Moment versetzte ihm Violet einen Karateschlag ins Genick, daß er mit der Nase auf dem Boden landete.«
Eine dritte Sekretärin tritt ein. »Die Druckerei fragt an, ob es stimmt, daß Bing Holloway schwimmend die Themse überquert. Das Kapitel spielt nämlich in Paris.« Der Autor ist wütend. »Stören Sie mich nicht wegen einer solchen Lappalie!« schreit er. »Übertragen Sie das Kapitel nach London!« Die Sekretärin wagt eine Frage: »Wäre es nicht einfacher, wenn Bing Holloway die Seine überqueren würde?« Der Autor rauft sich die Haare. »Machen Sie, was Sie wollen!« brüllt er. Die Sekretärin verschwindet.
Telefon Nr. 3 schnarrt. »Pyrrhos-Verlag? Der Tote auf der Seilbahn? Fehlen noch 395 Seiten. Bis morgen abend? Okay.« Die Mädchen schauen auf die Uhr.
»Machen Sie Ihre Mittagspause, ich entwerfe inzwischen den neuen Roman.« Die Mädchen gehen. Der Autor nimmt Papier und Kugelschreiber und notiert den Titel: »Es muß nicht immer Pferdefleisch sein ...«
Er hört Schritte und schaut auf. Ein großer, schlanker Mann im weißen Ärztekittel kommt auf ihn zu. Wer ist er? Was will er? Warum hat man ihn eingelassen, ohne ihn – den Autor – zu fragen? Die dritte Sekretärin kommt zurück. »Die gnädige Frau läßt fragen, ob Sie zum Abendessen kommen?« – »Nein«, antwortet der Autor, ohne den Blick von dem Fremden zu lassen. Wer ist dieser Mann? Das Mädchen verläßt das Zimmer. Es hat den seltsamen Besuch nicht bemerkt. Er ist also nur für ihn sichtbar. Aber warum?
Er hat keine Zeit, darüber nachzudenken. Telefon Nr. 1 schnarrt. Er hebt ab. »Pallas-Verlag? Der Monarch in der Suppe? Fehlt noch ein Drittel. Bis übermorgen früh? Okay.« Er legt auf. Der fremde Mann

hat inzwischen, ohne seine Aufforderung abzuwarten, neben ihm Platz genommen. Jetzt fühlt er seinen Puls.
»Wer sind Sie?« fragt der Autor etwas ängstlich. »Ich habe keine Zeit ...«
Der Fremde lächelt. »Darum geht es ja«, sagt er und blickt ihn mit Röntgenaugen an. »Ich bin der Medizinische Fortschritt. Ich hatte schon etliche Male das Vergnügen, Ihnen das Leben zu verlängern. Nun bin ich gekommen, um zu sehen, was Sie mit Ihrem verlängerten Leben anfangen.«
Der Autor zeigt auf den Bücherschrank, der vollgestopft ist mit seinen Werken. »Ich schreibe ...«, sagt er zögernd. Telefon Nr. 2 schnarrt. »Verzeihung«, sagt er und hebt ab. »Mustang-Verlag? Der Elefant im Schneckenhaus? Fehlt noch der letzte Band. Bis übermorgen mittag? Okay.«
Der Medizinische Fortschritt, wie er sich nannte, hat inzwischen seinen Puls gefühlt. Jetzt nimmt er ein riesiges Stethoskop aus der Tasche und horcht sein Herz ab. Er seufzt: »Es ist überall das gleiche. Puls zu schnell, Blutdruck zu hoch, Herzrhythmus unregelmäßig. Ich verlängere eure Lebenszeit, die Technik hilft euch Zeit sparen – und ihr habt keine. Da muß doch irgend etwas nicht stimmen.«
Der Autor zuckt die Achseln. »Ich weiß auch nicht, wo die Zeit hinkommt.«
»Ihr vertut sie durch Un-Leben«, meint der andere traurig. »Kommen Sie einmal zum Fenster und schauen Sie auf die Straße.« Der Autor gehorcht. Irgend etwas zwingt ihn, dem Mann nicht zu widersprechen. Er blickt aus dem Fenster und glaubt, in einem Märchen zu sein. Da steht wahrhaftig mitten auf der Kreuzung, ein junges Paar, und lacht und scherzt, und schaut dabei einander tief in die Augen. Und die Ampel wechselt von Grün auf Gelb, vom Gelb auf Rot, von Rot auf Grün. Autokolonnen haben sich gebildet. Man hupt, man schreit, man droht – die jungen Leute lassen sich nicht stören. Ja, es kommt noch besser. Der Bursch nimmt das Mädchen in die Arme und küßt es. Lang ... lang . .. noch länger ... Und plötzlich verstummen die Hupen, und die Fahrer hören auf zu schreien und zu drohen. Und die Sonne durchdringt den Smog, Vöglein singen und Schmetterlinge flattern. Und aus den Autos die zu weit entfernt sind, um die beiden sehen zu können, steigen die Leute. Sie gehen nach vorne, um Ordnung zu machen, aber auch sie bleiben stehen, als sie die jungen Menschen sehen, die sich da mitten auf der Kreuzung küssen. Und die Eltern heben ihre Kinder in die Höhe, damit auch sie des Wunders teilhaftig werden. Und die

Ampel bleibt auf Rot, und der Polizist, der den Verkehr überwachen soll, legt den Zeigefinger an die Lippen, um allen begreiflich zu machen, daß man die beiden nicht stören dürfe.
Und da dämmert es auch im Hirn des Autors. Da unten *leben* zwei Menschen – und wir alle schauen ihnen zu. Wir haben schon lange keine Menschen leben sehen. Es wirkt wie ein Wunder. Der Arzt greift nach seinem Puls. »Normal«, sagt er freundlich und löst sich in nichts auf.
Der Kuß ist zu Ende. Die beiden jungen Leute gehen weiter, jeder den Arm um die Taille des andern gelegt. Und schon beginnt wieder das Gehupe, das Geschrei, das Gezeter. Der Smog verdeckt die Sonnenstrahlen, die Vöglein verstummen, und die Schmetterlinge fallen tot zu Boden. Und die Autos rasen wieder dahin, die Ampel arbeitet wieder, und der Polizist ist grob wie eh und je.
Der Autor schüttelt den Kopf. Er weiß, was der Arzt ihm und den andern klarmachen wollte: Was uns der medizinische Fortschritt an Leben schenkt, verstressen wir mit Un-Leben. Aber er wird nicht mehr so dumm sein. Er denkt nicht daran, sein Leben zu vergeuden. Er wird es genießen. *Was* hatte er da vorhin gedacht? Was uns der medizinische Fortschritt an Leben schenkt, verstressen wir mit Un-Leben. Ein guter Satz, den man vielleicht einmal brauchen kann. Hastig eilt er zu seinem Archiv, nimmt eine Kartothek heraus und reiht den Satz unter »Streß« ein. Dann schaut er auf die Uhr. Der Mann hat ihm eine Viertelstunde gestohlen. Schnell setzt er sich zum Schreibtisch und notiert den Titel seines übernächsten Werkes: »Der Blick kam vom Fenster« – oder vielleicht noch besser: »Das Leben ist nicht tot.« Und dann arbeitet er wieder bis zwei Uhr morgens.

Und so gibt es viele Menschen, die sich zu Tode arbeiten, um besser leben zu können.

»Hypo« ist griechisch und heißt »unter«. Was »chonder« heißt, weiß ich nicht, aber ich bin es: ein Hypochonder. So sagt man von mir. Ich selbst weiß, daß ich mir meine Krankheiten nicht einbilde, sondern daß ich sie wirklich habe. Ich bin, wie ich mich nenne: Ein

Patient der gesamten Heilkunde

Ich öffnete das Fenster. »Ein herrlicher Frühlingstag!« rief ich aus und atmete die frische Luft ein, die durch die Tankstelle vor unserm Haus erst richtig würzig wurde. »Die Sonne scheint, die Blumen blühen, die Welt hat sich verjüngt!«
»Du auch«, meinte meine Frau, die mir gern mein antiquarisches Aussehen vorwirft, weil ich, anstatt Waldspaziergänge zu unternehmen, lieber beim Schreibtisch oder im Kaffeehaus sitze. »Du wirkst heute bedeutend jünger und gesünder.«
Sie hatte recht. Heute fühlte ich mich wirklich jung und gesund. Heute würde ich am liebsten hinausfahren, irgendwohin ins Freie, weg von der Großstadt, weit, weit weg. Schade, daß ich zu einer Besprechung mußte.
Lustig vor mich hinpfeifend ging ich zum Haustor hinaus, auf die Straße. Kaum hatte ich ein paar Schritte getan, traf ich meinen Freund Pfandl.
»Hast du was?« fragte er, nachdem wir uns begrüßt hatten.
»Nein«, sagte ich verwundert. »Warum?«
»Weil du so blaß und grün bist«, meinte er besorgt, setzte aber sofort aufmunternd hinzu: »Die Frühlingssonne wird es schon machen. Tschau!« Er ging.
Blaß, dachte ich, wieso blaß? Ich fühle mich doch heute so wohl. Das heißt, überlegte ich, so richtig wohl fühle ich mich gar nicht. Was hatte ich bloß zum Frühstück gegessen? Tee, Schinken, Eier – das war's! Die Eier. Ich weiß, daß ich keine Eier vertrage, und immer wieder esse ich welche. Ab morgen gibt es für mich keine Eier mehr.
Ich betrachtete mich im Spiegel eines Schaufensters. Ich war wirklich blaß und grün. Wenn man keine Eier verträgt, grübelte ich, muß doch irgend etwas nicht in Ordnung sein. Aber was? Der Magen? Ob ich Gastritis habe? Oder Geschwüre? Andererseits,

wenn es der Magen ist, wieso habe ich jetzt plötzlich Schmerzen auf der rechten Bauchseite? Das kann der Blinddarm sein, aber auch die Leber. Blinddarm wäre mir lieber, obwohl man mit einer Blinddarmreizung nicht spaßen soll. Und wer sagt schon, daß es bloß eine Reizung ist? Es kann doch ebensogut eine Entzündung sein. Das würde heißen, daß ich mich operieren lassen muß, ehe es zum Durchbruch kommt. Bei meinem Pech kommt es zum Durchbruch. Mir – ich meine beruflich – ist der Durchbruch nicht gelungen, meinem Blinddarm wird er gelingen. In meinem Lieblingsbuch »Was mache ich, bis der Arzt kommt?« habe ich gelesen: »Blinddarmentzündung erkennen Sie, wenn Sie das rechte Bein in der Leistengegend abbiegen und sechsmal hintereinander hochheben. Anschließend drücken Sie beide Hände in die rechte Bauchseite. Fühlen Sie einen stechenden Schmerz, ist es eine Entzündung.«
Es war zur Stoßzeit. Menschen kamen mir entgegen, hasteten an mir vorüber, überholten mich. Ich stellte mich hin, bog mein rechtes Bein in der Leistengegend ab und hob es sechsmal hoch. Einer der Vorübergehenden sagte »Trottel!«, ein anderer »Vormittag schon besoffen!«, während mir die übrigen den Autofahrergruß leisteten, indem sie mit dem Zeigefinger an die Stirn tippten. Ich stand da, auf einem Bein, und drückte beide Hände in die rechte Bauchseite. Ein Stich. Ich wußte es. Aber Moment – da links spüre ich auch einen Stich. Sollte ich zwei Blinddärme –? Ausgeschlossen. Aber was hat man links? Weiß schon: den Dickdarm. Also Blinddarm- und Dickdarmentzündung. Mir bleibt doch nichts erspart. Es könnte auch bloß eine Ausstrahlung sein – aber von wo? Von der Niere? Dr. Bachl konstatierte einmal, daß ich eine Wanderniere habe. Ich hatte *keine* Wanderniere, aber er blieb bei seiner Diagnose. In der Honorarnote, die er mir schickte, stand: »Behandlung einer Wanderniere ... öS 6000.«Ich glaube, er hat pro Kilometer gerechnet. Warum mache ich Witze? Warum schweife ich vom Thema ab? Weil ich der Wahrheit nicht ins Auge schauen will. Ich überlegte: der stechende Schmerz ist da. Gut. Gibt es noch andere Symptome, die auf eine Blinddarmentzündung schließen lassen? Ja. Kopfschmerzen. Habe ich schon. Fieber. Ich fühle meinen Puls. Zweiundsiebzig. Das wäre normal, kann aber auch täuschen. Vielleicht geht meine Uhr zu schnell. Ich werde zum nächsten Uhrmacher gehen. Oder lieber zum nächsten Arzt. Wer soll mich operieren? Dr. Schneider? Besser nicht. Er ist Chirurg. Schneider schneidet auf alle Fälle. Ich war selbst dabei, als er in einer Gesellschaft sagte: »Patienten können ohne Blinddarm leben – Ärzte nicht.« Es sollte ein Scherz sein – ich fand es makaber. Ich werde

lieber einen Internisten konsultieren. Vielleicht kriege ich die Blinddarmentzündung mit Antibiotika weg. Aber die Dickdarmentzündung? Und der Kopfschmerz, der immer schlimmer wird? Kopfschmerz, habe ich einmal gelesen, ist keine Krankheit an sich, kann aber das Zeichen einer solchen sein. Sogar einer lebensbedrohlichen. Vor Monaten hatte ich Kopfschmerzen durch Schlaflosigkeit. In der letzten Nacht habe ich zwar gut geschlafen, habe aber geträumt, daß ich wach bin. Davon kann es aber nicht sein. Wovon also doch? Vielleicht habe ich eine Stirnhöhlenentzündung? Blinddarm-, Dickdarm- *und* Stirnhöhlenentzündung? Schrecklich. Kann man aber so flott dahinspazieren wie ich, wenn man drei so schwere Krankheiten hat? Schon konnte ich nicht mehr spazieren. Meine Beine wurden schwer, ich blieb stehen. Dann versuchte ich es wieder. Langsam, langsam bewegte ich mich vorwärts.
Plötzlich kam eine junge Dame auf mich zu. Es war Monika, ein kleines Starlet, das mir schon immer äußerst sympathisch war.
»Wie geht's?« fragte sie mich mit einem sonnigen Lächeln. Und schon war ich gesund. Der Kopfschmerz war weg, die Beine wurden leicht, und während ich auf Monika wartete, die in der Parfümerie, vor der wir standen, etwas zu erledigen hatte, bog ich schnell das rechte Bein in der Leistengegend ab, hob es sechsmal hintereinander hoch und drückte beide Hände in die rechte Bauchseite. Kein Stich, keine Blinddarm-, keine Dickdarm-, keine Stirnhöhlenentzündung. Wir gingen in eine Tagesbar und unterhielten uns wahrlich königlich.
Am Nachhauseweg traf ich wieder Pfandl.
»Hast du was?« fragte ich, nachdem wir uns begrüßt hatten.
»Nein«, sagte er verwundert. »Warum?«
»Weil du so blaß und grün bist«, meinte ich besorgt, setzte aber sofort aufmunternd hinzu: »Die Frühlingssonne wird es schon machen. Tschau!« Ich ging.
An der Ecke sah ich mich nach ihm um. Er betrachtete sich eben angstvoll im Spiegel eines Schaufensters, und ich wußte, daß er dachte: Ich bin wirklich blaß und grün. Dann bog er das rechte Bein in der Leistengegend ab, hob es sechsmal hintereinander hoch und drückte beide Hände in die rechte Bauchseite.

Eine alte Ärzteweisheit: Ein Hypochonder ist ein Mensch, der keine Krankheit, aber viele Leiden hat.

Eine Aktie ist ein Wertpapier, das oft nur den Papierwert hat. Ich spekuliere nicht, ich kenne weder Hausse noch Baisse – ich kann mit ruhigem Gewissen sagen:

Ich weiß von nichts!

Wir saßen im Kaffeehaus: Joschi, Müllmann und ich.
Müllmann hatte Sorgen. Der Schwiegersohn seines Onkels war mit einem Mann befreundet, dessen Schwester die Frau eines Textilvertreters ist, der den Privatchauffeur eines Bankdirektors zum Freund hat. Dieser Chauffeur hatte etwas von kanadischen Aktien gehört, die an keiner Börse notierten, die aber einen ungeheuren Gewinn versprachen. Leider hielten die Aktien ihr Versprechen nicht, und Müllmann, der sein ganzes Vermögen in sie investiert hatte, war fast ruiniert.
»Heute«, klagte er, »soll ich zwanzigtausend Schilling bezahlen, und ich habe nur zehntausend.«
»Wer hat sie Ihnen geborgt?« fragte ich.
»Eckstein, Farben en gros.«
»Kenne ich.«
»Ich auch«, sagte Joschi. »Er ist kein Unmensch. Sagen Sie ihm, daß Sie nur zehntausend haben, und bleiben Sie die andern zehntausend schuldig.«
Müllmann seufzte. »Die zehntausend, die ich habe, sind doch die, die ich schuldig bleibe.«
Joschi schwieg. Plötzlich lächelte er still vor sich hin. Ich kenne dieses Lächeln. Es kündigt immer eine Idee an, die mich oder andern Leuten Geld kostet.
»Was gibt's?« fragte ich deshalb so uninteressiert wie möglich.
»Ich habe eine Idee, die nicht schlecht wäre...«
Ich wußte es.
»Was für eine Idee ist das?« erkundigte sich Müllmann sofort.
»Eine Idee, wie Sie Eckstein abwimmeln könnten, ohne ihm einen Groschen zu bezahlen. Ich würde sie Ihnen schenken, aber ich bin selbst knapp. Wenn Sie mir tausend Schilling Erfolgshonorar zusichern würden – ?«
»Was ist es?« fragte Müllmann hastig. »Die tausend Schilling

spielen keine Rolle, die habe ich noch.«
»Wann und wo sollen Sie Eckstein die Summe übergeben?«
»In einer halben Stunde in meiner Wohnung.«
»Kann Ihre Frau weinen?«
»Wie ein Wasserfall.«
»Gut. Wenn Eckstein kommt, soll Ihre Frau ihn mit geröteten Augen empfangen und soll ihm erzählen, daß Sie bei einem Verkehrsunfall auf den Hinterkopf gefallen sind und dadurch das Gedächtnis verloren haben.«
»Und warum das?«
»Weil Sie sich an nichts erinnern können. Auch nicht an die zwanzigtausend Schilling, die er Ihnen geborgt hat.«
Müllmann pfiff durch die Zähne. »Prima!« sagte er. »Und ich? Was habe ich zu tun?«
»Nichts weiter, als auf alles, was Ihnen verfänglich erscheint, zu sagen: Ich weiß von nichts.«
»Das ist nicht schwer.«
»Ich gehe mit Ihnen – ich war Zeuge des Unfalls.« Sie ließen mich allein.
Am nächsten Tag erfuhr ich, was sich zugetragen hatte.
Eckstein erschien bei Müllmann und wurde von Frau Müllmann mit geröteten Augen empfangen.
»Küß die Hand, gnädige Frau«, grüßte er höflich. »Kann ich den Herrn Gemahl sprechen?«
»Leider nein!« schluchzte Frau Müllmann. Müllmann hatte ihr eine Krokotasche versprochen, wenn es ihr gelingen sollte, glaubhaft genug zu schluchzen.
Joschi kam aus dem Nebenzimmer. »Gottlob«, flüsterte er, »er schläft – und ganz friedlich.«
»Schläft?« freute sich Eckstein. »Und friedlich? Ich habe zwanzigtausend Schilling zu kassieren. Wenn Müllmann so friedlich schläft, ist das hoffentlich ein Zeichen, daß er das Geld besitzt.«
»Geld!« Joschi sah ihn verächtlich an. »Müllmann hat heute andere Sorgen als Geld.«
»Andere Sorgen? Was soll das heißen?«
Frau Müllmann begann haltlos zu weinen. Sie wußte, daß sie mit jeder Träne der Krokotasche näher kam.
»Müssen Sie die arme gnädige Frau auch noch quälen?« fragte Joschi vorwurfsvoll.
»Quälen? Es ist doch mein gutes Recht, das Geld, das –«
»Hören Sie mit dem Geld auf!« unterbrach ihn Joschi gereizt. »Geld, Geld, Geld! Wissen Sie denn nicht, was geschehen ist?«

»Nein ...«
»Müllmann hatte einen Verkehrsunfall.«
Eckstein erschrak. »Schwer?« fragte er.
»Ogottogottogott!« schluchzte Frau Müllmann auf und schlich gramgebeugt ins Nebenzimmer, um an Hand ihrer Kleider nochmals zu überlegen, welche Farbe die Tasche haben müsse.
»Ich wollte vor der bedauernswerten Frau nicht reden«, erklärte Joschi, nachdem sie den Raum verlassen hatte. »Müllmann hat eine Gehirnerschütterung erlitten und das Gedächtnis verloren.«
»Das ist doch schrecklich! Wie äußert sich das?«
»Wie äußert sich das!« imitierte Joschi ihn höhnisch. »Er hat alles vergessen.«
»Auch seine Schulden?«
»Alles. Er weiß nicht einmal, wer er ist und wie er heißt.«
»Entsetzlich! Wie ist das passiert? Ist er zu schnell gefahren?«
»Zu langsam gegangen. Ein Autofahrer hat ihn niedergestoßen.«
»Wer war es?«
»Das weiß man nicht. Fahrerflucht. Und kein Mensch in der Nähe. Wenn ich nicht dabeigewesen wäre, hätte es vielleicht noch tragischer geendet.«
»Sie waren dabei?«
»Glücklicherweise. Wir waren im Kaffeehaus, gingen nach Hause, wollten die Straße überqueren – plötzlich flitzt ein Wagen um die Ecke, schleudert Müllmann zur Seite, und so unglücklich, daß er mit dem Kopf direkt auf das Pflaster aufschlug.«
»Mit dem Kopf auf das Pflaster?«
»Direkt.«
»Und er hat das Gedächtnis verloren?«
»Vollkommen.«
»Haben Sie schon einmal etwas von Schocktherapie gehört?«
»Ja.«
»Wenn ich meine zwanzigtausend Schilling verlange, vielleicht erinnert er sich dann?«
»Ich habe wenig Hoffnung. Wenn ein Mensch auf den Kopf fällt ...«
Müllmann kam mit verbundenem Kopf und schlotternden Beinen aus seinem Zimmer. Er sah die beiden an, als ob er sie nie zuvor gesehen hätte. »Wo bin ich?« fragte er.
»Zu Hause«, sagte Joschi mitleidsvoll. »Ich habe Sie nach Hause gebracht.«
»Wer sind Sie?«
»Aber, Herr Müllmann! Erinnern Sie sich doch. Wir sind vom

Kaffeehaus nach Hause gegangen ...«
»Ich weiß von nichts.«
»Herr Müllmann«, näherte sich Eckstein. »Vielleicht erinnern Sie sich an *mich.* Ich sollte heute zu Ihnen kommen wegen des Geldes ...«
Müllmann warf einen kurzen Blick auf ihn. »Ich weiß von nichts«, sagte er dann.
»Müllmann«, redete ihm Eckstein gütig zu. »Sie sind mir zwanzigtausend Schilling schuldig.«
»Ich weiß von nichts.«
»Ich habe sie Ihnen geborgt. In meinem Büro. Sie brauchten sie für das Finanzamt.«
Müllmann wurde hysterisch. »Ich weiß von nichts, ich weiß von nichts, ich weiß von nichts!« schrie er.
»Da sehen Sie, was Sie angestellt haben!« sagte Joschi verärgert.
Frau Müllmann stürzte ins Zimmer. Sie hatte sich für grün entschieden. »Was ist los?« fragte sie besorgt.
»Herrn Eckstein ist es gelungen, Ihren Gatten derartig zu reizen, daß sich sein Befinden wieder verschlimmert hat.«
»Um Gottes willen! Ich habe eben mit dem Arzt telefoniert. Er sagt, die geringste Aufregung könnte einen chronischen Gedächtnisschwund zur Folge haben. Sie müssen bedenken, Herr Eckstein, mein Mann ist auf den Kopf gefallen ...«
Eckstein schnaubte vor Wut. »Ich bedenke alles!« sagte er. »Wie lang dieser Zustand dauern wird, wenn Ihr Mann sich schont, hat der Arzt *nicht* gesagt?«
»Nein ...«
»Gut – dann komme ich wieder. Darauf können Sie sich verlassen. Auf Wiedersehen, Herr Müllmann!«
»Ich weiß von nichts.«
Eckstein schlug die Tür zu, daß der Luster wackelte.
Joschi lachte. »Operation gelungen – Patient lebt«, sagte er. »Darf ich jetzt um meine tausend Schilling bitten?« Müllmann sah ihn verständnislos an. »Meine tausend Schilling«, wiederholte Joschi.
»Ich weiß von nichts, ich weiß von nichts, ich weiß von nichts!«
»Regen Sie ihn nicht auf«, meinte Frau Müllmann scheinheilig. »Sie haben doch gehört, was der Arzt gesagt hat. Keine Aufregung. Schließlich ist mein Mann auf den Kopf gefallen.«
»Ich verstehe«, sagte Joschi chevaleresk. »Ich habe schon mehr verloren als tausend Schilling. Auf Wiedersehen, gnädige Frau – auf Wiedersehen, Herr Müllmann. Es war mir ein Vergnügen!« Er

entfernte sich – jeder Zoll ein Kavalier. Frau Müllmann jubelte. »Das hast du großartig gemacht, Schatz! Bekomme ich jetzt meine Krokotasche?«
»Krokotasche?« wiederholte Müllmann. »Glaubst du, ich bin auf den Kopf gefallen?«

Vielleicht interessiert es Sie noch, was mit den kanadischen Aktien geschah? Müllmann verstaute sie in einen Koffer und stellte diesen in den Lift eines Hochhauses. Auf diese Weise konnte er sie wenigstens *einmal* steigen sehen.

Ein Gericht ist eine Anzahl von Personen, die entscheidet, welche von den beiden Parteien den besseren Anwalt hat. Oder die schlechteren Zeugen. Das ist nämlich auch wichtig. Das zeigte mir

Der Prozeß

Ich lag im Bett. Mit ihr. Mit der Grippe. Ich hatte Fieber – nicht hoch, aber doch. Unser Hausarzt, Dr. Meier, gab mir eine Spritze. »Sie müssen schlafen«, sagte er, also schlief ich. Plötzlich hörte ich einen Hall – und in diesem Hall eine Stimme: »Angeklagter, stehen Sie auf!«

Ich sah mich um. Ich saß in einem Gerichtssaal, und ich hatte einen sehr ungünstigen Platz; ich saß auf der Anklagebank. »Sie sollen aufstehen!« wiederholte die Stimme. Ich stand auf. Und nun nahm ich erst alles deutlich wahr. Der Saal war zum Bersten voll, vor mir saßen ein Richter, zwei Beisitzer und ein Schriftführer, und mir gegenüber – ich konnte es nicht fassen – hatten die Kläger Platz genommen: Tante Elsa, mein Schwager Goldmann mit Hermine und Ladi, mein Dentist Dr. Wronsky, meine Freunde Joschi und Poldi, der Tenor Borgmann, der Cellist Pottasch, der Regisseur Zebisch usw. usw. Weshalb war ich hier? Was hatte ich angestellt? Ich sollte es sofort erfahren.

»Sie sind angeklagt«, verkündete der Richter, »a) wegen Verunglimpfung Ihrer Freunde und Verwandten durch Andichtung komischer, zum Lachen reizender Eigenschaften, welche besagte Freunde und Verwandte zu besitzen bestreiten, b) wegen des Titels Ihres letzten Buches: ›Die lieben Verwandten und andere Feinde‹, durch den sich Ihre Verwandten und Freunde in höchstem Grad gekränkt und beleidigt fühlen. Das Gericht hat zu entscheiden, ob diese Klage zu Recht besteht oder nicht. Setzen Sie sich!«

Ich setzte mich. Ich wollte es noch immer nicht glauben. Tante Elsa, mein Schwager, meine Schwägerin, Ladi – sie klagen mich an? Warum? Ich hatte es doch nicht bös gemeint. Ich beschloß, mich mit meinem Anwalt zu besprechen. Ich wandte mich nach ihm um – ich hatte keinen.

»Bitte, Herr Doktor!« ließ sich der Richter wieder vernehmen. Der

Gegenanwalt erhob sich. Ich traute meinen Augen nicht – es war Dr. Robinson. Mein Freund Dr. Robinson! Was soll das? Waren sie alle verrückt geworden?
»Hohes Gericht!« begann Dr. Robinson. »Es ist ein ungewöhnlicher und in der Geschichte der Rechtspflege noch nicht dagewesener Fall, daß der Vertreter der klagenden Parteien sich diesen als Privatkläger anschließt – aber ein Fall, der in *meinem* Fall durchaus berechtigt erscheint, da der Beschuldigte sich nicht scheute, mich in meiner Berufsehre anzugreifen, indem er in gedruckter Form – also der Öffentlichkeit zugänglich gemacht – in einem seiner Bücher die Unwahrheit verbreitete, daß ich, in einer Honorarnote an ihn, geschrieben hätte: ›Über die Straße gegangen, um Sie zu begrüßen, gesehen, daß es ein anderer ist – 1000 Schilling.‹«
Gelächter im Auditorium.
Der Richter klopfte mit einem Hammer auf den Tisch. »Ruhe!« sagte er. »Fahren Sie fort, Herr Doktor!« – »Ich habe vorläufig nichts weiter zu sagen«, nahm Robinson wieder das Wort, »und beantrage, mit der Einvernahme meiner Mandanten und deren Zeugen zu beginnen.«
Der Richter gab dem Antrag statt. Er nahm einen Akt zur Hand und las: »Zeugin Elsa Stocker, bitte!« Tante Elsa betrat den Zeugenstand. Tante Elsa, der ich nie etwas zuleid getan hatte. Sie würdigte mich keines Blickes.
»Frau Zeugin«, wandte sich der Richter an sie, »Sie geben an, daß der Beschuldigte Sie in seinen Schriften verhöhnt und verspottet, indem er Ihnen die Eigenschaft zuschreibt, viel und gern zu reden. Stimmt das?«
»Ja, Herr Richter«, antwortete Tante Elsa, »das stimmt. Dabei bin ich als Frau bekannt, die es nicht liebt, viele Worte zu machen. Mein seliger Otto – Otto war mein Mann, Herr Richter kannten ihn nicht, eine Seele von einem Menschen, Buchhalter bei Beigl & Co, einer Textilfirma, die vor dem Ruin stand. In der Branche nannte man sie nur eine GmbH, was soviel heißen sollte wie: Gott muß bald helfen. Da kam mein Mann, und die Firma war gerettet. Beigl wurde Millionär – er ist heute über achtzig, ob der Co noch lebt, weiß ich nicht –, aber denken Sie, die beiden hätten sich revanchiert? Nichts. Zu seinem 25. Buchhalterjubiläum gab Beigl meinem Otto ein Bild von sich. Otto sah es an und sagte: ›Das sieht Ihnen ähnlich!‹« Sie kicherte. »Er war immer so witzig, mein Otto! Einmal, es war nach dem Ersten Weltkrieg –«, sie dachte nach, »oder war es nach dem Zweiten? Es war nach irgendeinem Weltkrieg – da nahm er mich beiseite –«

»Danke, Frau Zeugin«, unterbrach sie der Richter, der vergebens versucht hatte, zu Wort zu kommen, »das genügt.« Die Leute lachten. Tante Elsa verließ den Zeugenstand und setzte sich auf ihren alten Platz.
»Zeuge Joschi Tolnay!« Joschi trat vor.
»Sie sind der Freund des Beschuldigten?«
»Gewesen.«
»Warum?«
»Weil er mich unmöglich macht. Er stellt mich in seinen Büchern als einen Menschen hin, der seine Verträge nicht einhält, der sich dauernd Geld borgt und es dann nicht zurückzahlt ...«
»Und stimmt das?«
»Zum Teil.«
Der Richter blickte in die Akten. »Ich lese da etwas«, sagte er, »von zwei Millionen Schilling, die Sie angeblich gewonnen haben. Sie haben mehreren Leuten, auch dem Beschuldigten, davon erzählt und haben, unter der Angabe, daß das Geld unterwegs sei, größere Summen entliehen. Was sagen Sie dazu?«
»Daß auch das nur zum Teil stimmt. Erstens waren es keine Schillinge, sondern Lire – zweitens waren es keine zwei Millionen, sondern nur zwanzigtausend – und drittens war es kein Gewinn, sondern eine Erbschaftssteuer, die ich bezahlen mußte, weil mein italienischer Onkel gestorben ist.«
»Sie haben doch gar keinen italienischen Onkel.«
»Das kommt noch dazu.« Großes Gelächter der Zuschauer.
»Ruhe!« rief der Richter, »sonst lasse ich den Saal räumen.« Dann wandte er sich wieder Joschi zu: »Also nur Mißverständnisse«, stellte er fest. »Aber sowohl Sie als auch der Beschuldigte sind ja Künstler, und unter Künstlern gibt es eben Dinge, die wir Laien nicht verstehen.«
»Richtig, Herr Richter«, pflichtete Joschi ihm bei. »Aber da wir schon von Laien reden – könnten Sie mir nicht fünfhundert Schilling leihen?« Wieder großes Gelächter.
Der Richter machte ein böses Gesicht und schickte Joschi auf seinen Platz zurück.
»Zeuge Leopold Flurschütz!« rief er. Poldi ging in den Zeugenstand.
»Was haben *Sie* dem Beschuldigten vorzuwerfen?« fragte der Richter.
»Daß er mich in seinen Büchern zum Pantoffelhelden macht.«
»Und sind Sie das nicht?«
»Keineswegs.«

»Sie sind geschieden und haben ein zweites Mal geheiratet. Sind Sie jetzt glücklich?«
»Sehr glücklich!« sagte Poldi und setzte hinzu: »Ich würde mich gar nicht trauen, unglücklich zu sein.«
»Das reicht«, sagte der Richter. Die Zuschauer brüllten. Der Richter klopfte mit dem Hammer auf den Tisch, bis die Ruhe wiederhergestellt war. »Zeuge Ladi Goldmann!« rief er dann. Ladi folgte dem Ruf.
»Du heißt Ladi Goldmann«, sagte der Richter freundlich. Er wußte, wie man Kinder zu behandeln hat. »Du bist zehn Jahre alt, und der Beschuldigte ist dein Onkel. Warum hast du ihn geklagt?«
»Weil er mich immer als frechen, vorlauten Jungen schildert.«
»Und bist du das nicht?«
»Nein.«
»Wodurch hat er dich also besonders gekränkt?«
»Daß er geschrieben hat, daß mir der Wimmer gesagt hat, daß der Storch seine Mutter ins Bein gebissen hat und dem Pinagl seine Mutter auch. Drauf soll ich gesagt haben: ›Die Störche scheinen heuer besonders bissig zu sein.‹« Gelächter.
»Und hast du das gesagt?«
»Nein. Ich bin doch nicht so dumm, daß ich noch an den Storch glaube.« Wieder Gelächter.
»Du glaubst nicht an den Storch?« entrüstete sich der Richter.
»Nein.«
»Ja, aber – wer denn sonst bringt die kleinen Kinder?«
»Haben Sie welche?«
»Ja.«
»Dann muß Ihnen doch die Herstellungsmethode bekannt sein.« Das Publikum johlte vor Vergnügen.
»Auf deinen Platz!« schrie der Richter wütend. »Das Zeugenverhör ist zu Ende! Es hat gezeigt, daß der Beschuldigte mit seinen Schilderungen recht hat! Der Angeklagte ist freigesprochen! Die Verhandlung ist geschlossen!« Applaus.
Erleichtert stand ich auf. Viele der Zuschauer kamen zu mir, um mir zu gratulieren. Dann nahm mich Tante Elsa zur Seite.
»Na?« fragte sie. »Warst du mit mir zufrieden?«
»Zufrieden? Das verstehe ich nicht ...«
»Du mußt doch bemerkt haben, daß ich absichtlich soviel gesprochen habe, um den Richter zu überzeugen, daß du mich richtig beschrieben hast.«
Ich war baff. »Also, Tante ...«, sagte ich verwundert.
Dann kam Joschi. »Wie war ich?«

AKT W.
ANKLAGESCHRIFT

»Wieso?«
»Ich war doch, ohne es merken zu lassen, auf deiner Seite. Denkst du, daß ich sonst den Richter angepumpt hätte?«
»Das ist wahr. Ich danke dir, Joschi!«
»Dafür könntest du mir schon einen Tausender borgen.«
»Da hast du.«
Nun drängte sich Ladi heran. »Wie habe ich das gemacht?« fragte er. »Ich habe doch dem Richter bewiesen, daß ich ein frecher Bub bin.«
»Das hast du, Ladi. Danke!«
Es folgte Poldi: »Wie habe ich gespielt? Der Richter hält mich jetzt noch für einen Pantoffelhelden, obwohl ich in meiner zweiten Ehe der Herr im Haus bin.«
»Dann komm mit uns. Ich lade alle ein, meinen Freispruch zu feiern.«
»Das geht leider nicht«, bedauerte Poldi. »Ich habe meine Frau, vom ersten Tag unserer Ehe an, an strikte Pünktlichkeit gewöhnt. Es ist halb zwölf, und Punkt zwölf muß das Essen auf dem Tisch stehen.«
»Und wenn du dich einmal verspätest?«
»Dann kriege ich nichts mehr.« Er ging.
Nun kam noch Robinson. »Gut gemacht?« fragte er.
»Wie meinst du das?«
»Du mußt doch bemerkt haben, daß ich mich überhaupt nicht eingemischt habe.«
»Das stimmt. Ich danke dir.«
»Du brauchst mir nicht zu danken – ich schicke dir meine Note.« Sie waren alle gut zu mir. Meine Familie, meine Freunde – alle, alle wollten mein Bestes! Doch da war noch etwas, das ich wissen wollte.
»Höre, Robinson«, erkundigte ich mich, »wenn ihr mir alle helfen wolltet – warum habt ihr mich dann geklagt?«
Robinson sah mich an. »Ist das *mein* Traum oder deiner?« fragte er.

Ich erwachte. Traum und Grippe waren vorüber, und ich hatte das erlösende Gefühl, daß mir alle verziehen hatten. So beschloß ich, meinem nächsten Buch den Titel zu geben:

DIE LIEBEN VERWANDTEN
UND ANDERE – FREUNDE